Mark Twain zum Vergnügen

Mark Twain zum Vergnügen

Herausgegeben und
aus dem Amerikanischen übersetzt
von Ursula und Christian Grawe

Mit 9 Abbildungen

Philipp Reclam jun. Stuttgart

RECLAMS UNIVERSAL-BIBLIOTHEK Nr. 18878

Umschlagillustration: Nikolaus Heidelbach, Köln
Umschlaggestaltung: Eva Knoll, Stuttgart
Gesamtherstellung: Reclam, Ditzingen. Printed in Germany 2011

ISBN 978-3-15-018878-1
www.reclam.de

Inhalt

Vorwort

»Mark Twain zum Vergnügen« – das ist eine Tautologie. Es gibt nicht viele Texte des amerikanischen Schriftstellers Samuel Langhorne Clemens (1835–1910) alias Mark Twain,[1] die nicht erheiternd, komisch, abstrus, burlesk, grotesk, ironisch, bissig oder satirisch sind. Mit diesen Wörtern ist die Spannweite der erzählerischen Töne in Mark Twains Werken weitgehend umrissen. Schon im Vorwort seines ersten Buches, der Sammlung von Kurzgeschichten und komischen Skizzen mit dem Titel *The Celebrated Jumping Frog of Calaveras County and Other Sketches* (1867), machte der Verleger damit Reklame, dass »Mark Twain der Öffentlichkeit zu bekannt ist, als dass er eine förmliche Vorstellung aus meiner Feder benötigt« (OMT 1,4), und bei seinem zweiten Buch, *The Innocents Abroad* (1869), war der Ruhm des Autors als einer der großen Humoristen seiner Zeit etabliert – ein Ruhm, den Mark Twain durch öffentliche Auftritte und ausgedehnte Vortragsreisen in alle

1 Beim Messen der Wassertiefe des Mississippi das Maß von zwei Faden (etwa 3,60 m). Clemens machte 1857–59 eine Lotsenlehre auf dem Mississippi und arbeitete dann als Lotse auf dem Fluss bis zum Beginn des amerikanischen Bürgerkriegs. Warum er sich gerade diesen Ruf der Schiffsjungen, der in *Life on the Mississippi* (1883) öfter erwähnt wird, als Pseudonym zulegte, ist nicht geklärt.

Welt[2] selbst kräftig verbreiten half, und vielen seiner Texte merkt man diese auf den mündlichen Vortrag berechnete Wirkung auch an. Schon sein Diktum »Wiederholung ist eine höchst wirksame Waffe im Reich des Humors« trifft sicher mehr auf den öffentlich vorgetragenen als auf den geschriebenen Text zu. In *The Innocents Abroad*, der Schilderung seiner Reiseeindrücke und -erlebnisse auf einer Schiffsreise zum Mittel- und Schwarzen Meer, nach Palästina und Ägypten, erzielt er dadurch die komischsten Wirkungen, dass er die alten Kulturen, die nationalen Idiosynkrasien und das Benehmen der Menschen in den verschiedenen Ländern mit dem unbefangenen, vorurteilsfreien Blick des respektlosen Amerikaners vor allem durch Übertreibung und Scheinnaivität einer bissigen oder auch einfach amüsanten Kritik unterzieht. Grundthemen und -typen von Mark Twains Humor sind schon in diesem Buch ausgebildet: der Bürger der »Neuen Welt«, der die rüden Sitten seiner eigenen Landsleute, die kulturelle Eitelkeit und die festgefahrenen Traditionen der »Alten Welt« oder auch allgemein die menschlichen Schwächen ins Groteske übertreibt und verzerrt. Die Gegenüberstellung von Europa und Amerika, das »internationa-

2 Sigmund Freud etwa benutzt in *Das Unbehagen in der Kultur* (1930) eine Geschichte Mark Twains, um die »Förderung der Moral durch Mißgeschick zu illustrieren«, und bemerkt: »Ich hörte Mark Twain diese kleine Geschichte selbst vortragen.«

le Thema« von Henry James (1843–1916), dem acht Jahre jüngeren Zeitgenossen Mark Twains, der in seiner Diskretion, komplexen, subtilen Psychologie und hoch differenzierten Sprache dessen Gegenpol in der amerikanischen Literatur des 19. Jahrhunderts bildet, ist auf andere Weise auch eins der zentralen Themen Mark Twains. Vor allem die Erzählungen, Skizzen, Essays des frühen Mark Twain, meist kurze, schlagkräftige Texte, die fast alle in Zeitungen und Zeitschriften erschienen, scheuen bei diesem Thema nicht vor plakativen, primitiven, burlesken Wirkungen, vor schieren Ungeheuerlichkeiten und Maßlosigkeiten zurück. Aber sie provozieren auch heute noch unweigerlich herzhaftes Lachen. Hinzu kommen pointiert formulierte, der nüchternen Beobachtung des praktischen Lebens abgewonnene »Weisheiten« und »Schlitzohrigkeiten«, die häufig die Spannung, wenn nicht gar die Kluft zwischen idealistischen Ansprüchen und tatsächlichem Verhalten beleuchten. Allerdings müssen die Leser von ihren Empfindlichkeiten, liebgewonnenen Überzeugungen, ja sogar religiösen Glaubenssätzen absehen, denn Mark Twains Humor ist oft respektlos und zynisch. Selbst Kannibalismus und Blasphemisches werden mit rücksichtsloser Unbesorgtheit dem Gelächter preisgegeben. Exemplarisch trifft auf diesen Autor der immer wieder bestrittene Satz zu, dass die Satire alles darf. Wer »beleidigte Leberwurst« spielen will, sollte Mark Twain lieber nicht lesen. Obwohl Mark Twain auch die Stereotypen seiner Zeit, etwa die Ängstlichkeit und Naivität der Frauen oder die Unarten der Kinder, verspottet, war er, der sich durchaus als Kind eines wissenschaftlichen Zeitalters sah, selbst doch keineswegs frei von einigen der gängigen Vorurteile seiner Zeit. Illusionen über die amerikanische Demokratie und Gesellschaft, Vorurteile gegen die Indianer (nicht gegen die Schwarzen, obwohl Mark Twain in seiner Autobiographie schrieb, dass er als Kind das Sklaventum für selbstverständlich gehalten habe) und antifranzösische Ressentiments zum Beispiel sind leicht in seinen Werken auszumachen.

Es tut der Wirksamkeit von Mark Twains Texten keinen Abbruch, dass seine humoristischen Techniken oft leicht durchschaubar, ja grob sind: maßlose Übertreibung, Understatement, ernsthaftes Hinnehmen des Unsinnigen, Konzentration auf das Nebensächliche bei gleichzeitigem Übersehen des Wesentlichen, Unverschämtheit statt erwarteter Höflichkeit und umgekehrt, Umkehrung oder Infragestellen des scheinbar Selbstverständlichen – eine beliebte Technik von Mark Twains jüngerem irischen Zeitgenossen Oscar Wilde (1854–1900) –, Wiederholung, Sprachspiele, Wörtlichnehmen des Metaphorischen, konsequentes Weiterverfolgen einer absurden Ausgangssituation usw.

Zunehmend aber wird Mark Twain, der zunächst die kulturelle, nationale, psychologische, moralische und soziale Gebrechlichkeit und Fehlerhaftigkeit der menschlichen Welt als Kuriosum hinnimmt, humoristisch kommentiert und enthüllt, grundsätzlicher und pessimistischer. Es kommt zu einer Verdüsterung seines Weltbildes, die offenbar durch seine finanziellen Missgeschicke – Mark Twain, der durch seine Publikationen reich wurde, verlor erhebliche Summen durch riskante Investitionen – und den Tod seiner ältesten Tochter Susan (1896) sowie seiner Frau (1904) mitverursacht wird. Aber auch die politische Lage um 1900, der Höhepunkt des Imperialismus, hat deutlich dazu beigetragen. Das Heitere in Mark Twains Werken tritt zurück, und der Autor klagt nun die europäischen Mächte und die Vereinigten Staaten wegen ihres hypertrophen Nationalismus und ihres Kolonialismus bitter an. Er publiziert etwa eine eigene Schrift über die belgischen Greuel im Kongo (*King Leopold's Soliloquy*, 1905) und gießt darin über die gesamte christliche Welt und das Christentum die Schalen seines Zorns aus. Unter den späten, zum größeren Teil nicht zu Lebzeiten veröffentlichten oder fragmentarischen Werken sind mehrere offen antichristliche. Obwohl diese späten Werke immer noch voll von aphoristischen Perlen sind, ist es in ihnen mit der spaßenden Souveränität des Autors gegenüber den Leiden der Welt vorbei. Er leidet nun mit. In seiner kurzen »Grußbotschaft des 19. an das 20. Jahrhundert« (*A Salutation-Speech from the Nineteenth Century to the Twentieth*) gibt er dieser Enttäuschung vehementen Ausdruck:

> Ich übergebe dir die stolze christliche Welt, die mit ihrer Seele voller Niedertracht, ihren Taschen voller Beute und ihrem Mund voller frommer Heucheleien beschmutzt, beschämt und entehrt von ihren Räuberaktionen in Kiautschau, Mandschurien, Südafrika und den Philippinen heimkehrt. Gib ihr Seife und Handtuch, aber verhänge den Spiegel.
>
> New York, 31. Dezember 1900.[3]

Der vorliegende Band enthält Texte vom knappen Aphorismus über ausgewählte Passagen aus den Erzählungen, Romanen, Essays, den drei Reisebüchern, den drei autobiographischen Werken und den philosophischen Werken bis zu vollständigen Skizzen (»Der Richter und die temperamentvolle Frau« und »Gespräch mit einem Interviewer«) und vollständigen Kurzgeschichten (»Familie McWilliams und die Alarmanlage«, »Journalismus in Tennessee«, »Wie ich eine landwirtschaftliche Zeitung redigierte«). Die Auswahl ist dem größten Teil von Mark Twains Wer-

3 Mark Twain, *Collected Tales, Sketches, Speeches, Essays 1891–1910*, Berkeley: University of California Press, 1966 (The Library of America), S. 456.

ken und damit allen Phasen seiner literarischen Karriere entnommen, wobei allerdings der Schwerpunkt auf den früheren, witzigeren Texten des Journalisten liegt.

Da Mark Twain, jedenfalls in den deutschsprachigen Ländern, heute vor allem durch seine beiden liebenswürdigen Romane mit jugendlichen Helden *The Adventures of Tom Sawyer* (1876) und *Adventures of Huckleberry Finn* (1885) bekannt ist, die trotz der geschilderten Härte des Lebens die amerikanische Provinz zum Mythos verklären und sicher zu Recht als die *pièces de résistance* seines Œuvres gelten,[4] lernen viele Leser hoffentlich durch die vorliegende, aufs Vergnügliche abgestimmte Auswahl einen unbekannten, neuen Mark Twain kennen.

Mark Twains Gesamtwerk hat die über hundert Jahre seit seinem Tod nicht ganz unbeschadet überstanden. Die historistische Patina von *The Prince and the Pauper* (1882) und *Personal Recollections of Joan of Arc* (1896) ist heute nur noch schwer erträglich, und auch die zeitkritischen Romane *The Gilded Age: A Tale of Today* (1873) und *The Tragedy of Pudd'nhead Wilson* (1894), deren Figuren leblose Puppen sind, die zu ideologischen Zwecken vorgeführt werden, sind trotz ihrer starken sozialkritischen Komponente als Kunst-

4 Vor allem *Huckleberry Finn* wird heute vielfach als der Roman gerühmt, von dem »alle moderne amerikanische Literatur abstammt« (E. Hemingway).

werke wohl kaum befriedigend. Die späteren religions-, philosophie- und literaturkritischen Werke, soweit er sie noch selbst publizieren konnte oder wollte, haben heute erheblich an Aktualität verloren, so die kritische Analyse der *Christian Science* (1907) und die Diskussion der Identität Shakespeares (*Is Shakespeare Dead?*, 1909).

Der Band regt die Leser hoffentlich nicht nur zum Nachdenken und Schmunzeln, sondern auch zum schallenden Gelächter an.

Wir möchten Dr. Mary Neal und Dr. Bernard Neal herzlich dafür danken, dass wir in ihren beiden Sommerhäusern am Ozean in schönster Umgebung den größeren Teil der Arbeit an diesem Band ausführen konnten.

Ursula und Christian Grawe, Melbourne

Die folgenden Weisheiten sollen der Jugend die Vorzüge einer hochmoralischen Lebensführung schmackhaft machen. Der Autor verdankt sie nicht eigener Erfahrung, sondern intensiver Beobachtung. Gut zu sein ist edel. Aber anderen zu sagen, wie man gut ist, ist edler – und gar keine Mühe.

* * *

Personen, die in dieser Geschichte eine Absicht suchen, werden gerichtlich belangt. Personen, die darin eine Moral suchen, werden verbannt. Personen, die darin eine Handlung suchen, werden erschossen.

Mark Twain 1870 als 35jähriger

I

»Halt an, Kutscher, mir wird schlecht«

Die Familie McWilliams und die Alarmanlage

Ich würde keinen Penny mehr für eine Alarmanlage ausgeben, Mr. Twain, keinen einzigen Penny, und ich kann Ihnen auch sagen, warum. Als wir mit dem Bau unseres Hauses fertig waren, stellte sich heraus, dass wir noch etwas Geld übrig hatten, weil der Klempner es nicht gemerkt hatte. Ich war dafür, die Heiden damit zu bekehren, weil ich irgendwie die Heiden schwer verkraften kann; aber Mrs. McWilliams sagte, nein, wir brauchen eine Alarmanlage. Ich stimmte diesem Kompromiss zu. Ich muss dazu erklären: Wenn ich etwas möchte und Mrs. McWilliams möchte etwas anderes und wir entscheiden uns für Mrs. McWilliams' Wunsch – was *immer* der Fall ist –, dann nennt sie das einen Kompromiss. Also schön, der Mann kam von New York und baute die Alarmanlage ein, verlangte dafür dreihundertundfünfundzwanzig Dollar und sagte, wir könnten nun unbesorgt schlafen. Das taten wir eine Zeitlang auch – sagen wir, einen Monat. Dann, eines Nachts, roch es nach Rauch und ich wurde aufgefordert aufzustehen und nachzusehen, was los war. Ich zündete eine Kerze an, ging auf die Treppe zu und traf dabei auf einen

Einbrecher, der mit einem Korb voll Blechgeschirr, das er in der Dunkelheit aus Versehen für echtes Silber gehalten hatte, aus einem Zimmer kam. Er rauchte eine Pfeife. Ich sagte: »Mein Freund, Rauchen ist in diesem Zimmer nicht gestattet.« Er antwortete, er sei fremd hier und man könne deshalb nicht von ihm erwarten, dass er die Regeln des Hauses kenne; er sagte, er sei schon in vielen mindestens ebenso anständigen Häusern gewesen und man habe nie etwas dagegen gehabt. Er fügte hinzu, seiner Erfahrung nach hätten solche Regeln für Einbrecher ohnehin nie gegolten.

Ich sagte: »Rauchen Sie also unbesorgt, wenn es so üblich ist, obwohl ich finde, einem Einbrecher ein Privileg zuzugestehen, das man einem Bischof vorenthält, ist ein auffälliges Zeichen für den Verfall der Sitten. Aber unabhängig davon, welches Recht haben Sie, auf diese verstohlene und heimliche Weise unser Haus zu betreten, ohne die Alarmanlage auszulösen?«

Er sah verwirrt und beschämt aus und sagte verlegen: »Ich bitte tausendmal um Entschuldigung. Ich wusste nicht, dass Sie eine Alarmanlage haben, sonst hätte ich sie ausgelöst. Ich hoffe, Sie erzählen es nicht weiter, so dass es meinen Eltern womöglich zu Ohren kommt, denn sie sind alt und gebrechlich und ein so offensichtlich rücksichtsloser Bruch der ehrwürdigen Sitten unserer christlichen Zivilisation könnte allzu rüde die leicht zerbrechliche Brücke einstürzen lassen, die, halb in Dunkel getaucht, zwischen der blassen und vergänglichen Gegenwart und den heiligen, großen Tiefen der Ewigkeit hängt. Darf ich Sie um ein Streichholz bitten?«

Ich sagte: »Ihre Empfindungen in allen Ehren, aber wenn ich mir erlauben darf, das anzumerken, Metaphern sind nicht gerade Ihre Stärke. Schonen Sie Ihre Hose; diese Streichhölzer lassen sich nur an der Schachtel anzünden und auch daran nur selten, wenn ich meiner Erfahrung trauen kann. Aber zurück zur Sache: Wie sind Sie hier hereingekommen?«

»Durch ein Fenster im zweiten Stock.«

So war es. Ich erwarb das Blechgeschirr zu Pfandleiherpreisen, abzüglich Werbungskosten, zurück, wünschte dem Einbrecher gute Nacht, schloss das Fenster hinter ihm und kehrte ins Hauptquartier zurück, um Bericht zu erstatten. Am nächsten Morgen schickten wir nach dem Alarmanlagenmann; er kam auch und erklärte, dass die Anlage nicht »losgegangen« sei, weil sie nur für den ersten Stock gelte. Das war schlicht und einfach idiotisch; man kann genauso gut ohne Rüstung in den Krieg ziehen, wenn sie nur die Beine schützt. Der Experte schloss nun den ganzen zweiten Stock an die Anlage an, stellte uns dreihundert Dollar in Rechnung und ging seiner Wege. Nach einiger Zeit stieß ich eines Nachts im dritten Stock auf einen Einbrecher, der im Begriff war, mit einem Gutteil unseres Besitzes eine Leiter herunterzuklettern. Meine erste Regung war, ihm den Kopf mit einem Billardstock einzuschlagen; aber meine zweite ließ mich von dieser Aufmerksamkeit zurückschrecken, weil er zwischen dem Billardständer und mir stand. Die zweite Regung war zweifellos die gescheitere, und deshalb nahm ich Abstand davon und ließ mich auf einen Kompromiss ein. Ich erwarb die Besitztümer zu ihrem ursprünglichen Preis zurück, mit einem Diskont von zehn Prozent für die Benutzung der Leiter, die mein Eigentum war, und am nächsten Tag schickten wir wieder nach dem Experten und ließen für dreihundert Dollar den dritten Stock an die Anlage anschließen.

Dadurch hatte die Anzeigetafel erhebliche Ausmaße angenommen. Sie hatte siebenundvierzig Felder, die mit den Namen der verschiedenen Zimmer und Schornsteine beschriftet waren, und nahm den Platz einer normalen Garderobe ein. Der Gong hatte die Größe einer Waschschüssel und hing über dem Kopfende unseres Ehebetts. Vom Haus führte eine Leitung zum Zimmer des Kutschers in den Stallungen, und ein ansehnlicher Gong hing neben seinem Kopfkissen.

Nun hätten wir ungestört schlafen können, wenn das System nicht einen Fehler gehabt hätte. Jeden Morgen um fünf öffnete die Köchin die Küchentür und löste – bäng – den Gong aus! Als es zum ersten

Mal passierte, dachte ich, unser letztes Stündchen habe geschlagen. Ich dachte es nicht *im* Bett – nein, sondern *außerhalb*, denn die unmittelbare Folge dieses fürchterlichen Gongs war, dass er einen durchs Haus schleuderte, gegen die Wand warf und schließlich wie ein Häufchen Elend auf den Boden schmetterte, zusammengekrümmt wie eine Spinne auf der heißen Ofenplatte, bis jemand die Küchentür zumachte. Ehrlich gesagt, gibt es kein Geräusch, das sich auch nur im entferntesten mit dem elenden Radau vergleichen lässt, den dieser Gong machte. Also, diese Katastrophe ereignete sich regelmäßig jeden Morgen um fünf Uhr und kostete uns drei Stunden Schlaf; denn wenn das Monstrum einen aufweckt, dann weckt es einen wohlgemerkt nicht nur hier und da auf, sondern überall, einschließlich dem Gewissen, und anschließend ist man achtzehn Stunden hellwach – achtzehn Stunden von einer so unerhörten Wachheit, wie man sie sonst nie im Leben erfährt. Eines Tages starb ein Fremder vor unseren Augen; wir ließen ihn über Nacht in unserem Zimmer. Wartete der Fremde bis zum Jüngsten Tag? Von wegen, am nächsten Morgen um fünf sprang er prompt und wie selbstverständlich wieder auf. Ich wusste es schon vorher. Ich wusste es genau. Er kassierte seine Lebensversicherung, denn es gab unwiderlegliche Beweise für seinen Tod – und wenn er nicht gestorben ist, so lebt er noch heute.

Wegen des täglichen Mangels an Schlaf schwankten wir langsam dem Jenseits entgegen; deshalb ließen wir schließlich den Experten wieder kommen, und er verlegte die Leitung an die Außenseite der Tür und brachte einen Schalter an, nur dass nun Thomas, der Diener, immer einen kleinen Fehler machte. Er schaltete die Alarmanlage abends aus, wenn er zu Bett ging, und schaltete sie bei Tagesanbruch wieder ein, und zwar unmittelbar, bevor die Köchin die Küchentür öffnete, so dass der Gong uns durch das Haus schleudern konnte, wobei manchmal ein Fenster gemeinsam mit dem einen oder anderen von uns zu Schaden kam. Am Ende einer Woche begriffen wir, dass die Sache mit dem Schalter ein Irrtum und eine Falle war. Außerdem entdeckten wir, dass eine Bande Einbrecher die ganze Zeit im Haus gewohnt hatte – nicht eigentlich, um zu stehlen, denn es war ja unterdessen nicht mehr viel da, sondern um sich vor der Polizei zu verstecken, die ihnen hart auf den Fersen war, denn sie schlossen ganz richtig, dass die Polizei nie auf den Gedanken kommen würde, einen ganzen Stamm von Einbrechern im Haus mit der eindrucksvollsten und raffiniertesten Alarmanlage in ganz Amerika zu suchen. Wieder kam der Experte, und diesmal hatte er eine glänzende Idee – er installierte die Anlage so, dass das Öffnen der Küchentür die Anlage automatisch ausschaltete. Es war eine ausgezeichnete Idee, und die Rechnung war entsprechend. Aber Sie ahnen schon, was kommt. Ich schaltete die Anlage jeden Abend vor dem Schlafengehen an, weil ich Thomas' schwachem Gedächtnis nicht mehr recht traute; sobald das Licht ausging, wanderten die Einbrecher durch die Küchentür, wobei sie die Anlage abschalteten, ohne darauf zu warten, dass die Köchin es am frühen Morgen tun würde. Sie sehen, in welcher unmöglichen Lage wir uns befanden. Monatelang konnten wir keinen Besuch empfangen. Nicht ein einziges Gästebett frei – alle von Einbrechern besetzt.

Schließlich griff ich zur Selbsthilfe. Der Experte kam auf meinen Anruf, legte eine Erdleitung zu den Stallungen und installierte dort einen Schalter, damit der Kutscher die Anlage ein- und ausschalten konnte. Das funktionierte hervorragend, und eine Weile hatten wir Ruhe, konnten wieder Gäste einladen und das Leben genießen.

Aber nach einiger Zeit entwickelte die nicht totzukriegende Anlage einen Tick. Eines Nachts mitten im Winter wurden wir durch das furchtbare Spektakel des grässlichen Gongs aus dem Bett geworfen, und als wir zu der Anzeigetafel gingen, das Licht anschalteten und das Wort »Kinderstube« aufleuchten sahen, wurde Mrs. McWilliams ohnmächtig, und auch ich wäre beinahe umgesunken. Ich griff zum Gewehr und zählte die Sekunden, bis der Kutscher erscheinen würde, während die Anlage weiter lärmte. Ich wusste, dass der Gong ihn ebenfalls aus dem Bett geschnellt hatte und er auftauchen würde, sobald er sich in seine Kleidung geworfen hatte. Als ich die Zeit für gekommen hielt, schlich ich mich in das Zimmer neben der Kinderstube, spähte aus dem Fenster und sah den schwachen Umriss des Kutschers unten im Hof, die Waffe im Anschlag und in Erwartung einer günstigen Gelegenheit. Sofort sprang ich in die Kinderstube und feuerte, und im selben Augenblick feuerte der Kutscher auf den hellen Blitz meines Gewehrs. Beide Schüsse waren Volltreffer. Ich schoss das Kindermädchen zum Krüppel, und er schoss mir das ganze Haar vom Hinterkopf. Wir machten das Licht an und telefonierten nach dem Arzt. Von einem Einbrecher keine Spur, kein Fenster aufgebrochen, aber eine Scheibe fehlte, die allerdings der Kutscher zerschossen hatte. Wir standen vor einem Rätsel – die Alarmanlage war aus eigenem Antrieb um Mitternacht »losgegangen« und kein einziger Einbrecher in Sicht.

Der Experte erschien nach dem üblichen Anruf und erklärte, es habe sich um einen »falschen Alarm« gehandelt. Kein Problem, sagte er. Er reparierte das Fenster in der Kinderstube, kassierte ein beträchtliches Honorar und verschwand.

Was wir in den nächsten drei Jahren unter »falschem Alarm« gelitten haben, lässt sich mit Worten nicht ausdrücken. Während der ersten drei Monate eilte ich immer mit dem Gewehr zu dem Zimmer, das auf der

Anzeigetafel aufleuchtete, und der Kutscher machte mit seinem Waffenarsenal den üblichen Ausfall, um mir zu Hilfe zu kommen. Aber es gab niemals etwas, worauf wir schießen konnten – alle Fenster waren fest verschlossen. Jedes Mal ließen wir am nächsten Tag den Experten kommen, der dann die betroffenen Fenster reparierte, so dass sie sich ungefähr eine Woche lang ruhig verhielten; und niemals vergaß er, uns eine Rechnung zu schicken – etwa wie die folgende:

Draht	$ 2,15
Schrauben	$ 0,15
Zwei Arbeitsstunden	$ 1,50
Wachs	$ 0,47
Isolierband	$ 0,34
Muttern	$ 0,75
Aufladen der Batterie	$ 0,98
Drei Arbeitsstunden	$ 2,25
Bindfaden	$ 0,02
Schmieröl	$ 0,66
Vaseline	$ 1,15
Sprungfedern	$ 2,00
Fahrtkosten	$ 7,25
	$ 19,77

Schließlich, nachdem wir ungefähr drei- oder vierhundertmal auf den »falschen Alarm« reagiert hatten, lösten wir das Problem auf die natürlichste Weise der

Welt – wir hörten einfach auf, darauf zu reagieren. Ja, ich stand einfach in aller Ruhe wieder auf, wenn die Anlage uns durchs Haus geschleudert hatte, sah mir in aller Ruhe die Anzeigetafel an, merkte mir das aufleuchtende Zimmer, schaltete es in aller Ruhe aus und ging wieder ins Bett, als ob nichts geschehen wäre. Mehr noch, ich ließ dieses Zimmer auf Dauer ausgeschaltet und schickte gar nicht erst nach dem Experten. Es versteht sich von selbst, dass nach und nach alle Zimmer ausgeschaltet waren und die gesamte Anlage außer Betrieb war.

Während wir durch diesen Verlust ungeschützt waren, ereignete sich die bisher fürchterlichste Katastrophe. Eines Nachts wanderten Einbrecher ins Haus und nahmen die Alarmanlage mit! Jawohl, mein Herr, mit Stumpf und Stiel: Sie rissen sie mit allem Drum und Dran aus der Wand, Sprungfedern, Glocken, Gong, Batterie – einfach alles; sie nahmen einhundertfünfzig Meilen Kupferdraht mit, sie machten kurzen Prozess damit, sie stahlen sie mit Sack und Pack, sie ließen keine Spur davon zurück, die wir hätten verfluchen … ich meine, die wir hätten verklagen können.

Es kostete einige Mühe, sie wieder zurückzubekommen; aber schließlich schafften wir es – unter erheblichen Kosten. Die Firma sagte, die neue Anlage müsse nur richtig eingebaut werden, und zwar mit ihrer neuen Patentsprungfeder für die Fenster, die jeden falschen Alarm unmöglich mache, und mit ihrer neuen Patentuhr, die sich ohne menschliche Hilfe abends ein- und morgens ausschalte. Das klang überzeugend. Sie versprachen uns, in zehn Tagen wäre die Sache erledigt. Sie fingen an, und wir gingen auf Sommerurlaub. Sie arbeiteten einige Tage daran, dann gingen *sie* auf Sommerurlaub. Danach zogen die Einbrecher ins Haus und begannen *ihren* Sommerurlaub. Als wir im Herbst zurückkamen, war das Haus so leer wie der Bierkeller eines Hauses, wo die Maler am Werk gewesen waren. Wir richteten uns neu ein und schickten dann unverzüglich nach dem Experten, um ihm Beine zu machen. Er kam auch, beendete die Arbeit und sagte: »Also, diese Uhr ist jetzt so eingestellt, dass sich die Anlage abends um 22 Uhr ein- und morgens um 5.45 Uhr wieder ausschaltet. Sie brauchen sie nur einmal wöchentlich aufzuziehen und sie dann in Ruhe zu lassen – alles weitere macht sie von selbst.«

Danach hatten wir drei Monate eine wunderbar ruhige Zeit. Die Rechnung war natürlich ungeheuerlich. Ich hatte gesagt, ich würde sie nicht bezahlen, bevor der neue Apparat fehlerlos funktionierte. Die Garantiezeit war drei Monate. Ich bezahlte also die Rechnung, und gleich am nächsten Tag um zehn Uhr morgens fing die Anlage an zu summen wie zehntausend Bienen. Ich drehte die Zeiger anweisungsgemäß zwölf Stunden weiter, das Geräusch hörte tatsächlich auf; aber nachts gab es eine Störung, und ich musste sie wieder zwölf Stunden vorstellen, um den Alarm einzuschalten. Dieser Unsinn dauerte ungefähr ein bis zwei Wochen, dann kam der Experte, um eine neue Uhr einzubauen. Während der nächsten drei Jahre kam er alle drei Monate und installierte eine neue Uhr. Aber es war immer ein Reinfall. Alle seine Uhren hatten denselben tückischen Fehler; sie schalteten den Alarm tags an und nachts aus; und wenn man es zu korrigieren versuchte, schaltete sich die Uhr in dem Augenblick wieder um, wo man ihr den Rücken kehrte.

Das also ist die Geschichte der Alarmanlage – haargenau alles der Wahrheit entsprechend, nichts beschönigt, nichts übertrieben. Ja, mein Herr, und als ich neun Jahre mit Einbrechern zusammengelebt und die ganze Zeit eine teure Alarmanlage unterhalten hatte – zu *ihrem* Schutz, nicht zu meinem und auf meine Kosten, denn nicht einen verd...ten Penny haben sie dazu beigetragen, da habe ich zu Mrs. McWilliams gesagt, dass ich genug von diesem Quatsch hätte; mit ihrer gütigen Erlaubnis baute ich also das ganze Ding aus und tauschte es gegen einen Hund ein, und dann erschoss ich den Hund. Ich weiß nicht, was Sie davon halten, Mr. Twain, aber ich finde, diese Dinger werden nur im Interesse der Einbrecher hergestellt. Ja, mein Herr, eine Alarmanlage vereinigt alles in sich, was an einem Feuer, einem Aufstand und einem Harem anstößig ist, ohne einen doch für die Vorteile zu entschädigen, die man gemeinhin, wenn die drei zusammentreffen, genießt. Auf Wiedersehen, hier muss ich aussteigen.

Kühn geäußerte Prophezeiungen fallen bei Abergläubigen nie auf taube Ohren.

Es gibt nichts Ehrfurchtgebietenderes als ein Wunder – außer der Leichtgläubigkeit, die darauf reinfällt.

Es gibt Demut, die selbst eine Art von Hochmut ist.

Nichts ist umsonst erschaffen, aber die Fliege ist nicht weit davon entfernt.

Die Schöpfung des Menschen war eine gute und originelle Idee, aber dann auch noch das Schaf zu erschaffen, war eine Tautologie.

Wenn man die Menschheit wirklich kennenlernen will, braucht man sie nur zur Wahlzeit zu beobachten.

Der Mensch ist das einzige Tier, das errötet – oder es doch nötig hätte.

Manche Wörter [der deutschen Sprache] sind so lang, dass sie geradezu eine Perspektive haben. Wenn man mit dem Blick an ihnen entlangfährt, gleitet er – wie bei einem sich entfernenden Schienenstrang – auf einen Punkt zu.

Leseranfrage

[Antwort an Arthur Augustus]

Nein, Sie haben unrecht. Das ist die richtige Art, einen Ziegelstein oder einen Tomahawk zu werfen; für ein Bouquet ist sie nicht geeignet. Wenn Sie so weitermachen, werden Sie noch jemanden verletzen. Drehen Sie Ihr Bouquet um, fassen Sie es am Stengel und werfen Sie es im weiten Bogen. Haben Sie je versucht, Ringe auf eine Stange zu werfen? So macht man es. Die Sitte, gewaltige Bouquets mit dem Gewicht und der Größe von preisgekrönten Kohlköpfen rücksichtslos von der schwindelnden Höhe des dritten Ranges auf die Bühne zu schleudern, ist gefährlich und verwerflich. Vorgestern abend in der Musikakademie zum Beispiel bahnte sich, unmittelbar nachdem Signorina … die herrliche Arie »Letzte Rose« beendet hatte, einer dieser Rammböcke seinen Weg durch den rauschenden Beifall, und wenn sie nicht schnellstens nach rechts ausgewichen wäre, hätte er sie wie einen Nagel in den Bühnenboden getrieben. Das Bouquet war zweifellos gut gemeint, aber wären Sie gerne sein Ziel gewesen? Ein ernstgemeintes Kompliment ist einer Dame immer willkommen, solange Sie nicht versuchen, sie damit zu fällen.

Mark Twain schreibt *The Innocents Abroad*
(Zeitgenössische Karikatur)

11
Endlich eine Silbermine

Bei dieser Gelegenheit möchte ich ein Wort über Michelangelo Buonarotti einflechten. Ich habe das mächtige Genie Michelangelos immer verehrt – des Mannes, der in Dichtung, Malerei, Skulptur und Architektur Großes vollbracht hat, der in allem groß war, was er unternahm. Aber ich möchte nicht Michelangelo zum Frühstück – zum Mittagessen – zum Abendbrot – zum Kaffee – zum späten Imbiss – und zwischen den Mahlzeiten. Ich brauche von Zeit zu Zeit ein bisschen Abwechslung. In Genua hat er alles entworfen; in Mailand haben er oder seine Schüler alles entworfen; er hat den Comer See entworfen; in Padua, Verona, Venedig, Bologna – von wem haben uns die Fremdenführer je erzählt als von Michelangelo? In Florenz hat er alles gemalt, fast alles entworfen; und wenn er etwas nicht entworfen hat, dann hat er auf seinem Lieblingsstein davor gesessen und es betrachtet, und den Stein hat man uns gezeigt. In Pisa hat er alles entworfen, außer dem Schiefen Turm, und auch den hätte man ihm zugeschrieben, wenn er nicht so schrecklich aus der Senkrechten geraten wäre. Er hat die Pier in Livorno und die Zollbestimmungen in Civitavecchia entworfen. Aber hier [in Rom] ist es erschreckend. Er hat die Peterskirche entworfen; er hat den Papst entworfen; er hat das Pantheon entworfen, die Uniform der Schweizergarde, den Tiber, den Vatikan, das Kolosseum, das Kapitol, den Tarpejischen Felsen, den Barbarinipalast, die Lateranskirche, die Campagna, die Via Appia, die sieben Hügel, die Bäder des Caracalla, das Aquädukt des Claudius, die *cloaca maxima* – der ewige Langweiler hat die Ewige Stadt entworfen; und wenn nicht alle Menschen und Bücher lügen, dann hat er auch alles in ihr gemalt! Daniel sagte neulich zu dem Fremdenführer: »Genug, genug, genug! Es reicht! Werfen Sie alles in einen Topf! Sagen Sie einfach, Gott schuf Italien nach Entwürfen von Michelangelo!«

Noch nie bin ich so grenzenlos dankbar, so beruhigt, so zufrieden, so von innerem Frieden erfüllt gewesen wie gestern, als ich erfuhr, dass Michelangelo tot ist.

Man muss auf seinen Charakter achten. Erwirb dir einen, wenn du kannst, und wenn nicht, tu, als ob du einen besitzt.

Moralische Grundsätze werden erworben – wie Musik, Fremdsprachen, Frömmigkeit, Pokern, multiple Sklerose. Kein Mensch wird mit ihnen geboren.

Ich auch nicht, ich habe kümmerlich angefangen. Ich hatte nicht einen einzigen moralischen Grundsatz.

Ich irrte eine Stunde lang durch die Straßen und überlegte, wie ich an […] Geld kommen könnte, aber mir fiel nichts ein. Schließlich betrat ich die große Lobby des Ebbit House, damals ein neues Hotel, und nahm Platz. Nach einer Weile kam schnüffelnd ein Hund angetrabt. Er blieb stehen, sah mich an und sagte mit den Augen: »Bist du ein Freund?« Ich bejahte die Frage ebenfalls mit den Augen. Er wackelte dankbar mit dem Schwanz, kam näher, legte die Schnauze auf mein Knie und sah mich mit seinen braunen Augen entwaffnend liebevoll an. Es war ein reizendes Tier, hübsch wie ein Mädchen und ganz aus Samt und Seide. Ich streichelte seinen glatten braunen Kopf, kraulte ihm die Schlappohren, und im Nu waren wir ein Liebespaar. Bald darauf schlenderte Brigadegeneral Miles, der Held des Vaterlands, in seiner blaugoldenen Pracht vorbei, und aller Augen ruhten bewundernd auf ihm. Er sah den Hund, blieb stehen, und das Leuchten in seinen Augen verriet, dass er für Hunde wie dieses edle Tier eine Schwäche hatte. Er kam näher, tätschelte den Hund und sagte:

»Was für ein schönes Tier, das reinste Wunder. Würden Sie ihn verkaufen?« […]

Ich sagte: »Ja.«

Der General sagte: »Wie viel wollen Sie für ihn haben?«

»Drei Dollar.«

Der General war sichtlich überrascht. »Drei Dollar?«, sagte er. »Nur drei Dollar? Für einen so außergewöhnlichen Hund? Weniger als fünfzig kann er auf keinen Fall wert sein. Wenn er mir gehörte, würde ich hundert verlangen. Ich fürchte, Sie ahnen gar nicht, was der Hund wert ist. Sie sollten sich den Preis noch einmal überlegen, ich möchte Sie nicht übervorteilen.«

Wenn er mich gekannt hätte, hätte er gewusst, dass ich genauso wenig in der Lage war ihn zu übervorteilen wie er mich. Ich antwortete mit der gleichen gelassenen Entschiedenheit wie zuvor.

»Nein, drei Dollar. Das ist sein Preis.«

»Na gut, wenn Sie darauf bestehen«, sagte der General, gab mir drei Dollar, nahm den Hund und verschwand mit ihm die Treppe hinauf.

Ungefähr zehn Minuten später kam ein freundlich aussehender Herr mittleren Alters herein, blickte hierhin und dahin, unter die Tische und überall im Raum herum, und ich sagte zu ihm: »Suchen Sie Ihren Hund?«

Sein trauriges, besorgtes Gesicht hellte sich unversehens auf, und er antwortete: »Ja – haben Sie ihn gesehen?«

»Ja«, sagte ich, »er war noch vor einer Minute hier, und ich sah, wie er mit einem Herrn mitging. Aber ich könnte ihn für Sie ausfindig machen, wenn Ihnen daran liegt.«

Selten hat mich ein Mensch so dankbar angesehen, und auch seine Stimme war voller Dankbarkeit, als er mir gestand, dass ihm sehr daran liege. Ich erklärte ihm, ich sei gerne dazu bereit, hoffte jedoch, dass es ihm recht sei, mich für meine Mühe zu entlohnen, da die Suche eine gewisse Zeit in Anspruch nehmen würde. Er versicherte mir, das tue er mit dem größten Vergnügen – er wiederholte »mit dem größten Vergnügen« –, und wollte wissen, wie viel.

Ich sagte: »Drei Dollar.«

Er machte ein überraschtes Gesicht und sagte: »Meine Güte, das ist ja gar nichts! Ich bin gern bereit, Ihnen zehn zu zahlen!«

Aber ich sagte: »Nein, drei ist der Preis«, und machte mich, ohne mich auf eine weitere Diskussion einzulassen, auf den Weg zur Treppe [...].

Ich besorgte mir die Zimmernummer des Generals an der Rezeption; und als ich sein Zimmer betrat, saß der General da, tätschelte den Hund und machte einen glücklichen Eindruck. Ich sagte: »Es tut mir leid, aber ich muss den Hund wieder abholen.«

Er schien sehr überrascht und sagte: »Wieder abholen? Wieso, er gehört mir. Sie haben ihn mir verkauft, und zwar zu Ihrem eigenen Preis.«

»Ja«, sagte ich, »das stimmt – aber ich muss ihn trotzdem wieder abholen, weil der Mann ihn zurückhaben will.«

»Welcher Mann?«

»Der Mann, dem er gehört; es war nicht mein Hund.«

Der General sah noch überraschter aus als vorher, und einen Augenblick lang verschlug es ihm die Sprache. Dann sagte er: »Wollen Sie damit sagen, dass Sie mir einen fremden Hund verkauft haben – und zwar wissentlich?«

»Ja, ich wusste, dass der Hund nicht mir gehört.«

»Warum haben Sie ihn dann verkauft?«

Ich sagte: »Was für eine merkwürdige Frage! Ich habe ihn verkauft, weil Sie ihn haben wollten. *Sie* wollten den Hund kaufen; das können Sie doch nicht leugnen. Ich hatte gar nicht die Absicht ihn zu verkaufen. Es war mir nicht einmal in den Sinn gekommen ihn zu verkaufen, aber ich dachte, wenn ich Ihnen damit einen Gefallen …«

Er unterbrach mich mitten im Satz und sagte: »*Mir einen Gefallen tun*? Das ist die absurdeste Art von Gefallen, von der ich je gehört habe … die Idee, dass Sie einen Hund verkaufen, der Ihnen gar nicht gehört, ist …«

Ich fiel ihm ebenfalls ins Wort und sagte: »Diese Diskussion ist absolut sinnlos. Sie sagten doch selbst, dass der Hund vermutlich hundert Dollar wert sei.

Ich habe nur drei verlangt, was soll daran unfair gewesen sein? Sie waren es, der mehr bezahlen wollte, das wissen Sie ganz genau. Ich habe nur drei verlangt, das können Sie nicht leugnen.«

»Was zum Teufel hat denn das damit zu tun? Der springende Punkt ist doch, dass Ihnen der Hund nicht gehörte. Sehen Sie das denn nicht? Sie scheinen nichts Ungehöriges daran zu finden, etwas zu verkaufen, was Ihnen gar nicht gehört, solange Sie es billig verkaufen. Also …«

Ich sagte: »Hören Sie bitte auf, mit mir zu streiten. Sie können nicht leugnen, dass der Preis vollkommen fair, vollkommen berechtigt war, wenn man bedenkt, dass mir der Hund nicht gehörte. Es lohnt sich also nicht darüber zu streiten. Ich muss ihn abholen, weil der Mann ihn wiederhaben will. Sehen Sie nicht, dass mir gar nichts anderes übrig bleibt? Versetzen Sie sich doch in meine Lage. Stellen Sie sich vor, Sie hätten einen Hund verkauft, der Ihnen gar nicht gehört; stellen Sie sich …«

»Ach was«, sagte er, »machen Sie mich nicht länger konfus mit Ihrer idiotischen Argumentation! Nehmen Sie ihn mit und lassen Sie mich in Ruhe!«

Also gab ich ihm die drei Dollar wieder, nahm den Hund mit nach unten, übergab ihn seinem Besitzer und kassierte drei Dollar für die Mühe.

Dann ging ich mit gutem Gewissen davon, weil ich ehrlich gehandelt hatte. Ich hätte die drei Dollar, für die ich den Hund verkauft hatte, nie ausgeben können, weil sie mir rechtlich nicht zustanden, aber die drei, die ich dafür bekam, dass ich ihn seinem rechtmäßigen Besitzer zurückerstattete, gehörten mir, weil ich sie rechtschaffen erworben hatte. Ohne mich hätte der Mann seinen Hund womöglich nie wiedergesehen. Meine Grundsätze sind nie ins Wanken geraten. Ich bin immer ehrlich. Ich könnte gar nicht anders. [...] Ich jedenfalls war nie imstande, Geld auszugeben, das ich auf fragwürdige Weise erworben hatte.

Ungefähr um diese Zeit begegnete ich auf der Straße einem Mann, den ich sieben oder acht Jahre nicht gesehen hatte, und es entspann sich folgendes Gespräch:

»Sie haben früher immer traurig und hinfällig ausgesehen, doch jetzt nicht mehr. Woher kommt diese Jugendlichkeit und diese gute Laune? Geben Sie mir die Adresse.«

Er kicherte vergnügt, nahm seine »Angströhre« ab, deutete auf das runde rosa Etikett in seinem Hut und hörte nicht auf zu kichern, während ich die Inschrift las: »J. B. – Beerdigungsunternehmer«. Dann setzte er den Zylinder wieder auf, gab ihm einen kecken Schubs zur Seite und rief:

»Daher kommt meine gute Laune! Es stand nicht

zum Besten mit mir, als Sie mich kannten – Versicherungsagentur, wissen Sie; schrecklich unsicheres Gewerbe. Riesenbrand gut, zehn Tage ausgezeichnete Geschäfte, solange die Leute zittern; danach Flaute mit den Policen bis zum nächsten Feuer. In einer Stadt wie dieser brennt's nicht oft genug. Da gibt es so viele flaue Wochen nacheinander, dass man den Mut verliert. Aber ich kann Ihnen sagen, dies ist das einzig wahre Geschäft! Leute brauchen nicht das Zittern zu kriegen, um zu sterben. Nein, mein Herr, sie kratzen ganz von selbst ab. Im Beerdigungsgewerbe gibt es keine Flauten. Ich hab einfach mit zwei oder drei billigen alten Särgen angefangen und einen Beerdigungswagen gemietet, und sehen Sie sich den Laden an! Ich hab ein Geschäft aufgebaut, das mit allen konkurrieren kann, egal wer es ist. Vor fünf Jahren wohnte ich in einer Dachkammer, jetzt lebe ich in einer schmucken Villa mit allem modernen Komfort und Komnach.«

»Verdient man so viel an Särgen? Springt dabei so viel heraus?«

»Sie reden, wie Sie's verstehen!« Dann zwinkerte er mir vertraulich zu, senkte die Stimme und legte mir die Hand wichtigtuerisch auf den Arm. »Eins will ich Ihnen sagen, wenn es etwas auf der Welt gibt, das nie billig ist, dann sind es Särge. Wenn es etwas auf der Welt gibt, worum die Leute nie zu schachern versuchen, dann sind es Särge. Wenn es etwas auf der Welt gibt, wobei der Kunde nie sagt, ›Ich seh mich noch mal um, und wenn ich nichts Besseres finde, komm ich wieder und nehm es‹, dann sind es Särge. Wenn es etwas auf der Welt gibt, wo der Kunde nicht Tanne nimmt, wenn er Walnuss kriegen kann; und wo er nicht Walnuss nimmt, wenn er Mahagoni kriegen kann; und Mahagoni nicht nimmt, wenn er einen Metallsarg mit Silberbeschlägen und Kupfergriffen kriegen kann, dann sind es Särge. Und wenn es etwas auf der Welt gibt, wo man nicht zittern muss, dass der Kunde auch bezahlt, wenn er gekauft hat, dann sind es Särge. Beerdigungsunternehmen? – Das sicherste Geschäft in der gesamten Christenheit und obendrein das nobelste.

Also, die Sache ist die. Reiche Leute wollen nichts als das Allerbeste, und man kann sie nach Herzenslust und hemmungslos schröpfen. Je teurer, desto besser. Sie werden sich nicht mucksen. Und dann kommen die Armen, und wenn Sie die geschickt umgarnen, gehen sie glatt von einem einzigen Einkauf pleite. Vor allem die Frauen. Um Ihnen ein Beispiel zu geben: Mrs. O'Flaherty kommt rein – Witwe – wischt sich die Tränen aus den Augen und wimmert still vor sich hin. Hebt das Taschentuch vom einen Auge, wedelt damit unter Tränen über das Angebot von Särgen und sagt:

›Und was woll'n Sie für den da?‹

›Neunundddreißig Dollar, gnädige Frau‹, sag ich.

›Is nich von schlechten Eltern, der Preis, aber Pat soll wie'n Gentleman begraben werden, schließlich war er einer, und wenn ich mir die Finger wund arbeite. Den da nehm ich.‹

›Ja, gnädige Frau‹, sag ich, ›und der ist auch wirklich ausgezeichnete Ware; zwar nicht die beste, aber wir müssen uns in diesem Leben alle nach der Decke strecken, wie es so trefflich heißt.‹ Und als sie den Laden verlassen will, stoß ich nach und sag so nebenbei: ›Dieser hier mit dem weißen Satinfutter ist was ganz Besonderes, aber ich fürchte … denn fünfundsechzig Dollar ist schließlich kein … kein … aber wie ich neulich auch Mrs. O'Shaughnessy gegenüber anzudeuten die Ehre hatte …‹

›Sie woll'n doch nich sagen, dass Bridget O'Shaughnessy ihrem 'Mann' das Schmuckkästchen gekauft hat, nur um den Suffkopp ins Jenseits zu befördern?‹

›Gewiss, gnädige Frau.‹

›Denn wird Pat in just so ei'm Sarg in'n Himmel fahren, und wenn die O'Flahertys ihren letzten Groschen dafür hinblättern müssen; und es dürfen auch ruhig noch'n paar Extras sein, mir soll's auf'n Dollar nich ankomm.‹

Und während ich ihr einen feierlichen Trauerzug zum Friedhof schmackhaft mache, lass ich nebenbei fallen, dass Mrs. O'Shaughnessy ihrem Dennis obendrein für vierundfünfzig Dollar einen schwarz verhüllten Leichenwagen und so viel Pomp nachgeworfen hat, als wäre er ein Herzog oder ein Meuchelmörder. Und darauf fällt sie natürlich prompt rein und übertrumpft die O'Shaughnessy noch um einigen Pomp. So war es früher. Aber damit ist es nun vorbei, jedenfalls in dieser Stadt. Bei den Iren hatte der Aufwand bei Beerdigungen solche Formen angenommen, dass sie noch zwei Jahre danach in Lumpen gingen und vor Hunger umkamen; und deshalb hat der Priester sich eingemischt und dem Spaß ein Ende gemacht. Er erlaubt ihnen nicht mehr als den Leichenwagen, und manchmal nicht mal den.«

»Also«, sagte ich, »wenn Sie in normalen Zeiten so unbekümmert und gut gelaunt sind, wie muss es Ihnen erst bei einer Epidemie gehen?«

Er schüttelte den Kopf.

»Nein, da irren Sie sich. Epidemien haben wir nicht gern. Epidemien bringen nichts ein. Na schön, ich meine das nicht wörtlich, aber sie bringen im Verhältnis zu normalen Zeiten nicht viel ein. Können Sie sich nicht vorstellen, warum?«

»Nein.«

»Denken Sie mal scharf nach.«

»Keine Ahnung. Woran liegt es?«

»Bloß an zwei Dingen.«

»Na und, an welchen?«

»Das eine sind Einbalsamierungen.«

»Und das andere?«

»Eis.«

»Wieso das?«

»Tja, wenn in normalen Zeiten jemand stirbt, legen wir ihn auf Eis, einen Tag, zwei Tage, vielleicht drei und warten, bis die Freunde kommen. Braucht eine Menge Eis, denn es schmilzt schnell. Unsere Preise für Eis sind gepfeffert und die für die Leichenwache gesalzen. Aber wenn eine Epidemie herrscht, wird die Leiche, noch bevor sie kalt ist, im Eilschritt auf den Friedhof geschafft. Keine Nachfrage nach Eis bei einer Epidemie. Und genauso mit Einbalsamierungen. Nehmen Sie eine Familie, die sich eine Balsamierung leisten kann, und Sie sind aus dem Schneider. Ich biete sechzehn verschiedene Arten an, obgleich es genau genommen nicht mehr als eine oder zwei gibt, und jedes Mal wählen die Leute die teuerste. So ist der Mensch, wenn er trauert. Er guckt nicht auf den Penny. Ihm ist alles egal. Er will nur, dass der Körper des Verblichenen unsterblich bleibt, und dafür ist er bereit zu zahlen. Alles, was unsereiner zu tun hat, ist, dabeizustehen und ungerührt die Daumenschrauben anzuziehen; sie stehen die Tortur glatt durch. Tja, mein Freund, nehmen Sie einen Verstorbenen, den keiner geschenkt haben will, suchen Sie Ihr Balsamierungswerkzeug zusammen, machen Sie sich ans Werk und in ein, zwei Stunden ist er seine sechshundert Dollar wert – sechshundert und keinen Penny weniger. Es gibt nichts Einträglicheres.

Höchstens eine Hungersnot, wo man Ratten gegen Diamanten tauscht. Aber bei einer Epidemie ist die Sache die: Die Leute warten nicht bis zum Einbalsamieren. Nein, durchaus nicht, und das tut dem Geschäft weh. Nichts von Balsam-Iren … Balsamieren, Sie verstehn, unser kleiner Branchenwitz. Aber ich muss gehn. Rufen Sie mich gelegentlich an, wenn Sie einen Sa… ich meine, wenn Sie in der Gegend sind.«

Wir wollen nicht zu kleinlich sein. Es ist besser, gebrauchte Diamanten zu besitzen als gar keine.

Leseranfrage

[Antwort an einen jungen Schriftsteller]

Ja, Agassiz empfiehlt Schriftstellern tatsächlich, Fisch zu essen, weil das Phosphor darin gut für das Gehirn ist. Soweit haben Sie recht. Aber die Entscheidung, wie viel Fisch Sie essen sollen, kann ich Ihnen nicht abnehmen, jedenfalls nicht vollständig. Wenn die Probe, die Sie mir geschickt haben, Ihre durchschnittliche Mahlzeit darstellt, dann müssten meiner Meinung nach vorläufig ein oder zwei Wale genügen. Nicht von der riesigsten Sorte, sondern einfach normale, mittelgroße.

III

Eine falsche Fährte

Zivilisation ist die unbeschränkte Vermehrung unnötiger Notwendigkeiten.

Mir ist es nur selten gelungen, eine Gelegenheit wahrzunehmen, bevor es keine mehr war.

Es ist eine ganz besondere Kunst. Der heilige Franz von Assisi behauptet, alle Heiligen können Wunder tun. Aber nur wenige können ein Hotel leiten.

Es hat bisher nur einen Christen gegeben. Man hat ihn erwischt & gekreuzigt – gleich zu Anfang.

Kannibalismus im Zug

[...] Am 19. Dezember 1853 stieg ich in St. Louis in den Abendzug nach Chicago. Er hatte alles in allem nur 24 Passagiere, darunter weder Damen noch Kinder. Wir waren in ausgezeichneter Stimmung, und sehr bald wurden lockere Bekanntschaften geschlossen. Die Reise versprach, angenehm zu verlaufen, und keiner von uns hatte, glaube ich, auch nur die leiseste Ahnung von den Schrecken, die uns bevorstanden.

Um 23 Uhr begann es heftig zu schneien. Kurz hinter dem kleinen Dorf Welden begann die endlose menschenleere Prärie, die sich in häuserloser Trostlosigkeit Meile um Meile dahinzieht. Ungehindert von Bäumen, Hügeln oder selbst vereinzelten Felsen, pfiff der eisige Wind über die flache Wüste und trieb den fallenden Schnee vor sich her wie den Schaum der Wellenkronen auf stürmischer See. Der Schnee wurde schnell tiefer, und der langsamer werdenden Geschwindigkeit des Zugs ließ sich entnehmen, dass die Lokomotive sich immer angestrengter durch ihn hindurchkämpfte. Ja, manchmal kam sie sogar mitten in den sich ballenden Schneewehen, die sich wie Hünengräber auf den Gleisen türmten, zum völligen Stillstand. Die Unterhaltung verstummte allmählich. Die Heiterkeit wich ernster Besorgnis. Jeder malte sich aus, 50 Meilen von jeder menschlichen Behausung entfernt auf der trostlosen Prärie eingeschneit zu werden, und diese Befürchtung legte sich verdüsternd auf jedes Gemüt.

Um 2 Uhr morgens wurde ich durch das Aufhören jeglicher Bewegung aus meinem unruhigen Schlaf geweckt. Blitzartig ging mir die entsetzliche Wahrheit auf: Wir saßen in einer Schneewehe fest! »Alle

Mann an Deck!« Wir gehorchten dem Befehl sofort. Hinaus in die wilde Nacht, in die pechschwarze Finsternis, in den sich türmenden Schnee, in den eisigen Sturm sprangen wir alle in dem Bewusstsein, dass jeder verlorene Augenblick den Untergang bedeuten würde. Schaufeln, Hände, Bretter – alles und jedes, was den Schnee beseitigen konnte, wurde zu Hilfe genommen. Es war ein gespenstisches Bild, wie die kleine Gruppe von Männern teils im dunkelsten Schatten und teils im grellen Licht der Lokomotivscheinwerfer wie besessen gegen den sich türmenden Schnee kämpfte.

Eine Stunde genügte, um die völlige Aussichtslosigkeit des Unterfangens zu bestätigen. Der Sturm verbarrikadierte die Gleise mit einem Dutzend Schneewehen, während wir eine einzige beiseiteschaufelten. Und schlimmer, wir machten die Entdeckung, dass die Kurbelwelle bei der letzten verzweifelten Anstrengung der Lokomotive gegen den Feind zerbrochen war! Selbst wenn der Schienenstrang vor uns frei gewesen wäre, wären wir festgesessen. Wir kehrten erschöpft von der Anstrengung und tief betrübt ins Abteil zurück. Wir versammelten uns um die Heizung und besprachen besorgt unsere Lage. Wir hatten keinerlei Proviant; darin lag das Verzweifelte unserer Situation. Wir würden nicht erfrieren, denn wir hatten einen ausreichenden Holzvorrat im Tender; das war unser einziger Trost. Die Diskussion endete damit, dass wir das niederschmetternde Urteil des Lokomotivführers akzeptierten, dass der Versuch, 50 Meilen zu Fuß durch solchen Schnee zu wandern, unweigerlich den Tod bedeuten würde. Wir konnten niemanden um Hilfe schicken, und selbst wenn, es wäre niemand gekommen. Wir mussten uns fügen und so geduldig wie möglich Rettung oder Verhungern abwarten! Ich glaube, auch dem Furchtlosesten blieb bei diesen Worten fast das Herz stehen.

Innerhalb einer Stunde war die Konversation zu einem bloßen Gemurmel herabgesunken, das die Windböen zu bloßen Wortfetzen zerrissen. Das Licht wurde schwächer, und die Mehrzahl der Ausgesetzten legte sich unter den flackernden Schatten nieder um nachzudenken … um, wenn möglich, die Gegenwart zu vergessen oder, wenn machbar, zu schlafen.

Die ewige Nacht – jedenfalls schien sie uns ewig – wich zu guter Letzt einem grauen Morgen, der im Osten dämmerte. Als das Tageslicht kräftiger wurde, begannen die Passagiere sich zu regen und einer nach dem anderen Lebenszeichen von sich zu geben, und nacheinander schoben sie alle ihren verknautschten Hut aus der Stirn, streckten die steifen Glieder und blickten aus dem Fenster auf die trostlose Aussicht. Sie war wahrhaftig trostlos – nirgendwo ein Lebewesen, nirgendwo eine menschliche Behausung, nichts als die unendliche weiße Wüste, Schneemassen wurden vom Wind aufgewirbelt, eine Welt von dichten Flocken, die das Firmament verdunkelten.

Den ganzen Tag lang saßen wir niedergeschlagen im Wagen herum, sagten wenig und hingen unseren Gedanken nach. Wieder eine endlose trübe Nacht – und Hunger.

Wieder ein Morgen – wieder ein Tag voller Schweigen, Niedergeschlagenheit, zehrendem Hunger und hoffnungslosem Warten auf Hilfe, die nicht kommen konnte. Eine Nacht von unruhigem Schlaf mit Träumen von wahren Schlemmereien und ein Erwachen mit dem Gefühl von nagendem Hunger.

Der vierte Tag kam und ging und der fünfte! Fünf Tage eines furchtbaren Eingeschlossenseins! Wilder Hunger sprach aus allen Augen. Ein Hinweis auf Ereignisse von grässlicher Tragweite dämmerte in ihnen auf, die Vorahnung von etwas, das vage in allen Herzen Gestalt annahm, von etwas, das noch niemand in Worte zu fassen wagte.

Der sechste Tag verging, der siebte dämmerte über einer Schar von Männern, so abgemagert, ausgemergelt und verzweifelt, wie sie nur je dem Tod ins Auge geschaut hatten. Nun musste es ausgesprochen werden! Der Gedanke, der unausweichlich in allen Herzen Gestalt angenommen hatte, formte sich endlich in jedem Mund zu Worten! Die Natur war am Ende – sie forderte ihr Recht. RICHARD H. GASTON aus Minnesota – groß, ausgemergelt und leichenblass – erhob sich. Alle wussten, was kommen würde. Alle waren vorbereitet, jedes Gefühl, jeder Anflug von Erregung war unterdrückt, nichts als ruhiger, nachdenklicher Ernst zeichnete sich in den Gesichtern ab, die noch vor kurzem so leidenschaftlich geblickt hatten.

»Meine Herren, es lässt sich nicht länger aufschieben! Die Stunde ist gekommen! Wir müssen entscheiden, wer von uns sterben soll, um den anderen als Nahrung zu dienen!«

MR. JOHN J. WILLIAMS aus Illinois erhob sich und sagte: »Meine Herren, ich nominiere Herrn Pastor James Sawyer aus Tennessee.«

MR. WM. R. ADAMS aus Indiana sagte: »Ich nominiere Mr. Daniel Slote aus New York.«

MR. CHARLES J. LANGDON: »Ich nominiere Mr. Samuel A. Bowen aus St. Louis.«

MR. SLOTE: »Meine Herren, ich trete zugunsten von Mr. John A. Van Nostrand jun. aus New Jersey zurück.«

MR. GASTON: »Wenn es keinen Einspruch gibt, gilt der Vorschlag des Herrn als angenommen.«

Da MR. VAN NOSTRAND Einspruch erhob, wurde der Rücktritt von Mr. Slote abgelehnt. Aus dem gleichen Grund wurde auch der von den Herren Sawyer und Bowen angebotene Rücktritt nicht angenommen.

MR. A. L. BASCOM aus Ohio: »Ich stelle den Antrag, dass die Nominierungen nun geschlossen werden und das Parlament eine geheime Abstimmung vornimmt.«

MR. SAWYER: »Meine Herren, ich erhebe gegen dieses Verfahren Einspruch. Es ist in jeder Hinsicht inkorrekt und unangebracht. Ich möchte beantragen, dass es unverzüglich rückgängig gemacht wird und wir einen Vorsitzenden unserer Versammlung und einen Vorstand zu seiner Unterstützung wählen, damit die uns bevorstehenden Verhandlungen ordnungsgemäß durchgeführt werden können.«

MR. BELL aus Iowa: »Meine Herren, ich lege Einspruch ein. Dies ist nicht der Augenblick, um auf Formalitäten und Zeremonien zu bestehen. Wir haben über sieben Tage keine Nahrung zu uns genommen. Jeder durch sinnlose Diskussionen verlorene Augenblick verschlimmert unsere verzweifelte Lage. Ich habe – wie vermutlich alle anderen Herren – keine Einwände gegen die vorgenommenen Nominierungen, und ich sehe nicht, warum wir nicht sofort über einen oder mehrere abstimmen sollten. Ich stelle den folgenden Antrag …«

MR. GASTON: »Es würde Einspruch gegen ihn erhoben werden, und nach den parlamentarischen Regeln könnte erst nach 24 Stunden über ihn abgestimmt werden, so dass er gerade *die* Verzögerung zur Folge hätte, die Sie zu vermeiden wünschen. Der Herr aus New Jersey …«

MR. VAN NOSTRAND: »Meine Herren, ich bin ein

Fremder unter Ihnen, ich habe die mir zugedachte Auszeichnung nicht gesucht und ein gewisses Zartgefühl ...«

MR. MORGAN aus Alabama (ihn unterbrechend): »Ich beantrage die Abstimmung über den vorhergehenden Antrag.«

Der Antrag wurde angenommen, was der weiteren Debatte natürlich ein Ende machte. Der Antrag, den Vorstand zu wählen, wurde angenommen, und dabei wurde Mr. Gaston zum Vorsitzenden gewählt, Mr. Blake zum Schriftführer, die Herren Hocomb, Dyer und Baldwin zum weiteren Vorstand und Mr. R. M. Howland, ein Lebensmittellieferant, zum Wahlhelfer.

Die Sitzung wurde für eine halbe Stunde vertagt, um Fraktionen bilden zu können. Die Parlamentsglocke rief die Anwesenden zur Sitzung zurück, und der Vorstand schlug die Herren George Ferguson aus Kentucky, Lucien Herrman aus Louisiana und W. Messick aus Colorado als Kandidaten vor. Die Vorschläge wurden angenommen.

MR. ROGERS aus Missouri: »Herr Vorsitzender, die Wahlvorschläge sind dem Parlament unterbreitet worden, und ich stelle den Antrag auf *eine* Änderung, nämlich dass Mr. Herrmans Name durch den von Mr. Lucius Harris aus St. Louis ersetzt wird, der uns allen als schätzens- und ehrenwert bekannt ist. Ich möchte damit keineswegs die hohen charakterlichen

Eigenschaften und das Ansehen des Herrn aus Missouri in Frage stellen – im Gegenteil. Ich respektiere und schätze ihn ebenso sehr wie alle anderen hier anwesenden Herren, aber keiner von uns kann sich der Tatsache verschließen, dass er in der Woche, die wir hier verbracht haben, mehr Fleisch verloren hat als wir anderen. Keiner von uns kann sich der Tatsache verschließen, dass der Vorstand entweder aus Nachlässigkeit oder aufgrund von schwerer wiegenden Verfehlungen dadurch seine Pflicht vernachlässigt hat, dass er uns zur Milderung unserer Leiden einen Herrn vorschlägt, der, so rein auch seine Motive sein mögen, tatsächlich weniger Nährwert hat als …«

DER VORSITZENDE: »Der Herr aus Missouri wird gebeten, wieder Platz zu nehmen. Als Vorsitzender kann ich es nicht zulassen, dass die Integrität des Vorstands in Frage gestellt wird, es sei denn, die Geschäftsordnung lässt dies zu. Wie gedenkt das hohe Haus über den Antrag zu befinden?«

MR. HALLIDAY aus Virginia: »Ich stelle den Antrag, den Vorschlag des Vorstands dadurch abzuändern, dass Mr. Harvey Davis aus Oregon den Platz von Mr. Messick einnimmt. Die Herren könnten einwenden, dass das harte, entbehrungsreiche Leben im Wilden Westen Herrn Davis zäh gemacht hat; aber, meine Herren, ist dies der Augenblick, um an Zähheit herumzunörgeln? Ist dies der Augenblick, um sich mit Kleinigkeiten aufzuhalten? Ist dies der

Augenblick, um sich über Banalitäten zu streiten? Nein, meine Herren, was wir brauchen, ist Substanz, Gewicht, Masse – das ist es, was in unserer Lage gefordert wird, nicht Talent, nicht Genie, nicht Bildung. Ich bestehe auf meinem Antrag.«

MR. MORGAN (erregt): »Herr Vorsitzender, ich lehne diesen Änderungsantrag aufs entschiedenste ab. Der Herr aus Oregon ist alt, und sein Gewicht besteht in schweren Knochen, nicht in Fleisch. Ich frage den Herrn aus Virginia, ob wir nur Suppe statt fester Nahrung zu uns nehmen wollen? Ob er uns Illusionen vorgaukeln will? Ob er unser Elend mit einem Gespenst aus Oregon verhöhnen will? Ich frage ihn, ob er in die ihn umgebenden ängstlichen Gesichter sehen, ob er uns in die traurigen Augen schauen, ob er unserem erwartungsvollen Herzschlag lauschen kann, ohne seinen betrügerischen Hungerleider zurückzuziehen? Ich frage ihn, ob er unseren verzweifelten Zustand, unsere ausgestandenen Leiden, unsere düstere Zukunft gnadenlos mitansehen kann, ohne uns dieses Wrack, diesen klapprigen Schwindel, diesen knorrigen, unappetitlichen, saftlosen Strolch von Oregons ungastlichen Gestaden zu ersparen? Niemals!« (Beifall)

Der Änderungsantrag wurde nach einer leidenschaftlich geführten Debatte niedergestimmt. Mr. Harris wurde durch einen Zusatzartikel in die Kandidatenliste aufgenommen. Dann begann die eigentliche Wahl. Fünf Wahlgänge verliefen ohne klare Mehrheit. Beim sechsten Wahlgang wurde Mr. Harris mit Ausnahme seiner eigenen Stimme einstimmig gewählt. Daraufhin wurde der Antrag gestellt, seine Wahl durch Akklamation anzunehmen, aber das wurde abgelehnt, da er wiederum gegen sich selbst gestimmt hatte.

MR. RADWAY stellte den Antrag, nun über die anderen Kandidaten abzustimmen und mit einer Wahl für das Frühstück zu beginnen. Der Antrag wurde angenommen.

Bei der ersten Abstimmung ergab sich Stimmengleichheit. Die eine Hälfte der Mitglieder des hohen Hauses stimmte wegen seiner Jugend für den einen Kandidaten, die andere Hälfte bevorzugte den anderen wegen seiner Größe. Der Vorsitzende gab die entscheidende Stimme ab, und zwar für den letzteren, Mr. Messick. Diese Entscheidung rief unter den Freunden des abgelehnten Kandidaten, Mr. Ferguson, erhebliche Missstimmung hervor, und eine Zeitlang war von einer neuen Wahl die Rede, aber währenddessen gewann ein Antrag auf Vertagung eine Mehrheit, und die Sitzung wurde augenblicklich unterbrochen.

Die Vorbereitungen zur Mahlzeit lenkten die Ferguson-Fraktion eine ganze Weile von der Diskussion ihrer Beschwerde ab, und gerade, als sie sie wieder aufnehmen wollten, zerstreute die erfreuliche Ankündigung, dass Mr. Harris fertig sei, ihre Wiederaufnahme in alle Winde.

Wir fertigten provisorische Tische, indem wir die Rückenlehnen der Abteilsitze nebeneinanderlegten, und nahmen dann mit Dankbarkeit im Herzen für die erlesene Mahlzeit Platz, die uns sieben qualvolle Tage lang wie eine Vision vor Augen gestanden hatte. Wie verwandelten uns ein paar kurze Augenblicke! Vorher: trostlosestes Elend, Hunger, fiebrige Angst, Verzweiflung; jetzt: Dankbarkeit, Heiterkeit, unaussprechliche Freude. Ich war mir durchaus bewusst, dass es sich um die vergnüglichste Stunde meines ereignisreichen Lebens handelte. Die Winde heulten und fegten den Schnee wütend um unser Gefängnis, aber sie vermochten uns nicht mehr in Angst zu versetzen. Ich mochte Harris. Er hätte vielleicht etwas besser durchgebraten sein können, aber ich muss ehrlich sagen, dass mir noch nie ein Mensch besser bekommen ist oder besser gemundet hat als Harris. Messick war auch sehr gut, wenn auch etwas zu stark gewürzt, aber was Nahrhaftigkeit und Schmackhaftigkeit angeht, ziehe ich Harris entschieden vor. Auch Messick hatte seine Vorzüge, das will ich nicht leugnen. Aber als Frühstück eignete er sich nicht besser als eine Mumie – ganz und gar nicht. Mager? Das kann man wohl sagen! Und zäh? Ach, er war sehr zäh, entschieden zäh, ganz unvorstellbar zäh. [...]

Nach dem Frühstück wählten wir einen Mann namens Walker aus Detroit zum Abendbrot. Er war ausgezeichnet, und das habe ich seiner Frau später auch geschrieben. Er verdiente jedes Lob. Ich werde Walker nie vergessen. Er war ein bisschen zu roh, aber sehr gut. Und dann, am nächsten Morgen, gab es Morgan aus Alabama zum Frühstück. Er war einer der exquisitesten Menschen, um derentwillen ich mich je zu Tisch gesetzt habe, gutaussehend, gebildet, kultiviert, fließend in mehreren Sprachen, ein vollendeter Gentleman – er war ein vollendeter Gentleman und ausnehmend saftig. Zum Abendbrot aßen wir dann den Patriarchen aus Oregon, er war ein Reinfall, keine Frage – alt, dürr, zäh, nicht auszumalen in seiner Ungenießbarkeit. Schließlich habe ich gesagt: »Meine Herren, machen Sie, was Sie wollen, aber *ich* warte auf die nächste Wahl.« Und Grimes aus Illinois sagte: »Meine Herren, ich warte ebenfalls. Wenn Sie jemanden gewählt haben, der etwas zu bieten hat, bin ich wieder dabei.« Es stellte sich bald heraus, dass Davis aus Oregon allgemeinen Widerwillen erregte, und daher wurde, um die launige Stimmung nicht zu verderben, die herrschte, seit wir Harris verzehrt hatten, eine Abstimmung gefordert, deren Ergebnis die Wahl Bakers aus Georgia war. Er war hervorragend! Also, danach aßen wir Doolittle und Hawkins und McElroy (über McElroy gab es einige Beschwerden, weil er ungewöhnlich klein und dünn war) und Penrod und die beiden Smith und Bailey (Bailey hatte ein Holzbein, was ein entschiedener Nachteil war, aber sonst war er sehr bekömmlich) und einen Indianerjungen und einen Orgeldreher und einen Herrn namens Buckminster, eine klägliche Bohnenstange, die als Gesellschaft nicht taugte und schon gar nicht als Frühstück. Wir waren entschieden froh, für ihn gestimmt zu haben, bevor Hilfe kam. […] Denn zuletzt kam Hilfe, und zwar an einem hellen, sonnigen Morgen, kurz nach der Abstimmung über John Murphey, eine unübertreffliche Wahl, wie ich gerne bestätigen will; aber John Murphey fuhr mit uns in dem Rettungszug nach Hause und lebte weiter und heiratete Harris' Witwe. […]

[Zur Beruhigung der Leser: In Twains Geschichte stellen sich die Ereignisse als bloße Hungerphantasien des Erzählers heraus.]

Die Einrichtung der Monarchie, und zwar jeder Art von Monarchie, ist eine Beleidigung des Menschengeschlechts.

Es ist höchst eigenartig, dass körperlicher Mut so gängig ist in der Welt und moralischer so selten.

Hier in Mailand, in einer alten heruntergekommenen Kirche, befinden sich die kümmerlichen Reste des berühmtesten Gemäldes der Welt: des »letzten Abendmahls« von Leonardo da Vinci. Wir halten uns nicht für unfehlbare Kunstkenner, aber wir gingen hin, um dieses sagenumwobene, einst so wunderschöne Bild zu betrachten, das die großen Meister so verehrt haben und Lied und Legende unablässig besingen. Und zuallererst stieß uns eine Hinweistafel vor den Kopf, deren Text von schlechtem Englisch strotzte. Hier eine Kostprobe:

> Bartholomäus (das ist die erste Figur von links, am Beschauer) ungewiss und zweifelhaft über was er glaubt gehört zu haben und über was er sich selbst an Christus versichert sein möchte und keine anderen.

Ist das nicht toll? Und dann wird Petrus beschrieben als »mit Judas Ischariot in einer drohenden und wütenden Bedingung streitend«.

Dieser Absatz erinnert an das Bild. »Das letzte Abendmahl« ist auf die baufällige Wand einer kleinen Kapelle gemalt, die früher, vermute ich, an die Kirche angebaut war. Die Wand hat überall Wunden und Narben, die Zeit hat ihre Spuren auf ihr hinterlassen, und Napoleons Pferde haben den meisten Jüngern die Beine abgeschlagen, als die Kapelle vor einem halben Jahrhundert als Stall für sie (die Pferde, nicht die Jünger) verwendet wurde. [...]

Das Bild ist ungefähr zehn Meter lang und drei bis vier Meter hoch, und die Figuren sind mindestens Lebensgröße. Es ist eins der größten Gemälde Europas.

Die Farben sind mit der Zeit verblasst, die Gesichter sind abgeblättert und unkenntlich, und jeder Ausdruck ist aus ihnen verschwunden. Das Haar besteht nur aus einem verschwommenen Farbfleck, und die Augen blicken leblos. Nur die Haltung ist noch erkennbar.

Leute kommen aus allen Teilen der Welt hierher und bewundern dieses Meisterwerk. Sie stehen verzaubert, mit angehaltenem Atem und offenem Mund vor ihm, und wenn sie sprechen, stoßen sie nichts als ergriffene Phrasen aus:

»Ach, wunderbar!«

»Dieser Ausdruck!«

»Diese graziöse Haltung!«

»Diese Würde!«

»Die makellose Zeichnung!«

»Diese unvergleichliche Farbtechnik!«

»Diese Empfindung!«

»Diese Empfindsamkeit!«

»Diese erhabene Auffassung!«

»Eine wahre Vision!«

Ich beneide diese Leute, ich beneide ihre ehrliche

Bewunderung – wenn sie denn ehrlich ist, ihre Begeisterung – wenn es denn echte Begeisterung ist. Ich habe nichts gegen sie. Aber zugleich drängt sich mir der Gedanke auf: Wie können sie alle etwas sehen, was gar nicht zu sehen ist? [...]

Es ärgert mich, die Leute so forsch über »Empfindung«, »Ausdruck«, »Ton« und all die leicht zu erwerbenden billigen Techniken der Kunst reden zu hören, die sich im Gespräch über Bilder so gut machen. Aber nicht einer unter siebentausendfünfhundert kann sagen, was ein abgebildetes Gesicht wirklich ausdrücken soll. Nicht einer unter fünfhundert kann in einen Gerichtssaal gehen und sicher sein, dass er nicht einen der harmlosen und unschuldigen Schöffen für den herzlosen Meuchelmörder mit der schwarzen Seele hält.

Der König von Griechenland ist ein Mann, der unauffällig seinem Tageslauf nachgeht, wenn er nicht im Dienst ist. Diesen Sommer reiste er eines Tages in einem regulären Erste-Klasse-Abteil, und zwar in dem gewöhnlichen Alltagsanzug, in dem er sein Land regiert, wenn er zu Hause ist; und deshalb sah er nicht wie ein bedeutender Mann aus, sondern eher wie ein Durchschnittsmensch. Nach einer Weile stieg ein stämmiger, gestandener Deutsch-Amerikaner zu, der ihn in ein offenes, interessantes und Anteil nehmendes Gespräch verwickelte und ihm ein- bis zweitausend Fragen stellte, die der König auf zwar gutmütige, aber, was sein Privatleben betraf, mehr oder minder vage Art beantwortete.

»Wo sind Sie zu Hause?«

»In Griechenland.«

»Griechenland! Sooo! Wer hätte das gedacht! Dort geboren?«

»Nein.«

»Sprechen Sie Griechisch?«

»Ja.«

»Also, ist denn so was möglich! Wer hätte das gedacht? Was sind Sie von Beruf? Ich meine, womit verdienen Sie Ihren Lebensunterhalt? Was machen Sie geschäftlich?«

»Tja, das ist nicht so leicht zu beantworten. Ich bin nur so eine Art Vorarbeiter, aber Gehaltsempfänger. Und das Geschäft ... tja, das ist ziemlich allgemeiner Natur.«

»Ah, ich verstehe, so dies und das, ein bisschen von jedem, alles, womit man Geld machen kann.«

»Ja, so ungefähr.«

»Sind Sie für die Firma unterwegs?«

»Ja, sozusagen, aber nicht ausschließlich. Natürlich kümmere ich mich auch ums Geschäft, wenn sich etwas Geeignetes bietet ...«

»Gut! Das gefällt mir an Ihnen. So mach ich's auch. Und weiter?«

»Ich wollte damit nur sagen, dass ich auf dem Weg in den Urlaub bin.«

»Na bitte! Nichts dagegen zu sagen. Das kann nicht schaden. Es arbeitet sich doppelt so gut, wenn man sich gelegentlich eine Pause gönnt. Nicht, dass ich viel Gebrauch davon gemacht hätte. Im Gegenteil. Dies ist mein erster Urlaub. Ich bin in Deutschland geboren, aber schon mit wenigen Monaten nach Amerika gekommen, und da bin ich nun, und zwar seit haargenau 64 Jahren. Eigentlich bin ich Amerikaner, aber das Deutsche steckt in mir drin, eine ideale Kombination. Und wie kommen Sie im großen ganzen zurecht? Einigermaßen?«

»Ich habe eine ziemlich große Familie …«

»Tja, da haben wir's – große Familie und nur ein Gehalt, um sie durchzubringen. Warum haben Sie sich das angetan?«

»Naja, ich dachte …«

»Natürlich dachten Sie. Sie waren jung und zuversichtlich und dachten, was kostet die Welt, wir werden das Kind schon schaukeln, und nun stehn Sie da! Aber keine Sorge, ich will Ihnen nicht den Mut nehmen. Du lieber Himmel! Als wüsste ich nicht, wovon Sie reden! Aber in Ihnen steckt ein guter Kern, Sie sind ein ganzer Kerl, das seh ich gleich. Sie haben falsch angefangen, das ist alles. Aber bleiben Sie bei der Stange, und wir sehen, was sich machen lässt. Noch ist Hopfen und Malz nicht verloren. Sie werden's schon schaffen, dafür leg ich meine Hand ins Feuer. Jungs und Mädchen?«

»Meine Familie? Ja, einige sind Jungs ...«

»Und der Rest Mädchen. Das hab ich mir gedacht. Aber das macht nichts, ist sogar besser so. Was machen die Jungs? Lernen ein Handwerk?«

»Eigentlich nicht, ich dachte ...«

»Ein kapitaler Fehler. Der größte Fehler, den Sie machen konnten. Das sehen Sie an sich selbst. Man sollte immer ein Handwerk beherrschen, auf das man zurückgreifen kann. Ich zum Beispiel habe Sattler gelernt. Hat mich das gehindert, einer der größten Brauereibesitzer in Amerika zu werden? Mitnichten. In schlechten Zeiten konnte ich immer auf die Sattlerei zurückgreifen. Wenn Sie zum Beispiel gelernt hätten, Sättel zu machen ... Doch das ist nun zu spät, viel zu spät. Lohnt sich nicht, dem nachzuweinen. Aber um auf die Jungs zurückzukommen ... was soll aus denen werden, wenn Ihnen was passiert?«

»Ich hatte mir vorgestellt, dass der Älteste in meine Fußstapfen tritt ...«

»Na, hören Sie mal! Und wenn die Firma ihn nicht will?«

»Daran habe ich gar nicht gedacht, aber ...«

»Nun hören Sie mir mal gut zu. Schlagen Sie sich die Flausen aus dem Kopf, und machen Sie endlich Nägel mit Köpfen! Sie haben doch das Zeug dazu, Mann. Sie können es noch zu etwas bringen im Leben. Sie brauchen nur jemanden, der Sie fest bei der Hand nimmt und Ihnen auf die Sprünge hilft. Sind Sie an der Firma beteiligt?«

»Nein, nicht direkt. Aber wenn ich meine Arbeit weiterhin zur Zufriedenheit erledige, kann ich die Stellung vermutlich …«

»Die Stellung behalten, jawohl. Aber darauf würde ich mich lieber nicht verlassen. Kaum sind Sie alt und klapprig, da kriegen Sie den Laufpass, was glauben Sie denn? Können Sie sich denn nicht irgendwie in die Firma einkaufen? Das wäre natürlich die Lösung.«

»Das halte ich für so gut wie ausgeschlossen.«

»Mhm … das ist nicht gut und unfair obendrein. Was meinen Sie … und wenn ich nun bei den Leuten ein gutes Wort für Sie einlegte … Hören Sie mal, glauben Sie, Sie könnten eine Brauerei übernehmen?«

»Ich hab's noch nie probiert, aber wenn ich mich ein bisschen einarbeiten könnte, würde ich mir's zutrauen.«

Der Deutsche schwieg eine Weile. Er schien sich die Sache gründlich durch den Kopf gehen zu lassen, und der König wartete gespannt, was dabei herauskommen würde. Schließlich sagt der Deutsche:

»Ich denke mir die Sache so. Sie verlassen den Laden, da wird doch nichts aus Ihnen. Auf diesem alten Kontinent hat man sowieso keine Chance. Jawohl,

Sie kommen zu uns nach Amerika rüber … kommen zu mir nach Rochester, bringen die Familie mit. Ich beteilige Sie. Sie sollen Ihre Chance haben und werden Manager. Georg … sagten Sie nicht, Sie heißen Georg? … ich mache einen Mann aus Ihnen, Ehrenwort. Hier haben Sie doch keine Chance, aber das wird sich ändern. Weiß Gott! Ich greife Ihnen unter die Arme, dass Ihnen die Augen übergehen.«

IV

Eine nachahmenswerte Mode

Kleider machen Leute. Nackte haben praktisch keinerlei Einfluss in der Gesellschaft.

Wiederholung ist eine äußerst wirksame Waffe im Reich des Humors.

Man sollte Fehler immer offen zugeben. Es bringt die Autoritäten aus dem Konzept und erlaubt einem, mehr zu begehen.

Der Richter und die temperamentvolle Frau

»Ich saß also hier«, sagte der Richter, »in diesem alten Richterstuhl und führte die Verhandlung, und ein großer, bösartig aussehender spanischer *desperado* war angeklagt, den Mann einer lebhaften, hübschen Mexikanerin umgebracht zu haben. Es war ein träger Sommertag, und noch dazu ein schrecklich langer, und die Zeugen waren tödlich langweilig. Keiner von uns hatte das geringste Interesse an dem Verfahren, außer dem nervösen, gereizten mexikanischen Frauenzimmer. Sie wissen ja, wie sie lieben und wie sie hassen, und diese hatte ihren Mann mit Leib und Seele geliebt, und nun hatte sich ihre Leidenschaft in Hass verwandelt, und sie stand da und funkelte den Spanier mit ihren hasserfüllten Augen an. Und ich muss ehrlich sagen, gelegentlich ließen ihre blitzenden Augen auch mich keineswegs kalt. Ich hatte die Jacke ausgezogen und die Füße hochgelegt, schwitzte und döste und rauchte eine dieser billigen Zigarren, die die Händler in San Francisco uns damals andrehten. Und auch die Anwälte saßen ohne Jacken da und rauchten und schwitzten und die Zeugen ebenso und auch der Angeklagte. Tja, damals war niemand an einem Mordprozess interessiert, weil das Urteil der Geschworenen immer *nicht schuldig* lautete, da sie erwarteten, dass sie eines Tages vielleicht auf denselben Dienst des Angeklagten angewiesen sein würden. Und obwohl in diesem Fall die Anklage gegen den Spanier hieb- und stichfest war, gab es gar keine Möglichkeit, ihn zu verurteilen, ohne dass das als Willkür und Angriff auf die Ehre aller Männer des Ortes gegolten hätte, denn damals gab es noch keine Kutschen und Livreen, und Stil konnte man nur dadurch beweisen, dass man sich seinen privaten Friedhof zulegte. Aber die Frau war entschlossen, den Spanier hängen zu sehen, und Sie hätten sehen sollen, wie sie ihn erst eine Minute lang anstarrte und dann mich mit flehentlichem Blick ansah und sich dann umdrehte und fünf Minuten lang in den Gesichtern der Geschworenen zu lesen versuchte und dann wieder ihr Gesicht in den Händen verbarg, als habe sie sich mit ihrem Schicksal abgefunden. Aber dann kam sie wieder zu sich und war so lebendig und gespannt wie vorher. Als dann aber die Jury ihr Urteil – *nicht schuldig* – abgab und ich den Angeklagten freisprach, erhob sich die Frau zur majestätischen Größe eines Schlachtschiffes mit vierundsiebzig Kanonen und sagte:

›Herr Richter, wollen Sie behaupten, dass dieser Mann, der ohne jeden Anlass vor meinen Augen und den Augen meiner kleinen Kinder meinen Mann umgebracht hat, nicht schuldig ist und dass die Justiz alles getan hat, was in ihrer Macht steht?‹

›Durchaus‹, sagte ich.

Und was glauben Sie, was sie dann tat? Also, sie drehte sich wie eine Wildkatze dem grinsenden Spanier zu, zog einen Revolver und erschoss ihn in aller Öffentlichkeit.«

»Das nenne ich Leidenschaft!«

»Nicht wahr?«, sagte der Richter bewundernd. »Wir hätten es um nichts in der Welt versäumen mögen. Ich vertagte auf der Stelle die Verhandlungen, und wir zogen unsere Jacken an und gingen hinaus und sammelten Geld für sie und ihre Kleinen und schickten sie über die Berge zu ihren Freunden. Ah, sie war ein leidenschaftliches Weibsbild!«

Wann immer man sich auf der Seite der Mehrheit befindet, ist es Zeit, seine Ansicht zu ändern oder zu pausieren und nachzudenken.

Von Kindern erwarten wir jederzeit und in jeder Situation Höflichkeit. Wir schulden ihnen dieselbe Höflichkeit, und wenn wir diese Pflicht versäumen, verdienen wir Kritik.

Wenn du wütend bist, zähle bis vier; wenn du sehr wütend bist, fluche.

Im Deutschen beginnen alle Substantive mit einem Großbuchstaben. Das ist wirklich eine gute Idee; und eine gute Idee fällt in dieser Sprache schon wegen ihrer Seltenheit unweigerlich auf.

Es gibt Leute, die sich die Mühe machen, auf die Mängel einer Religion oder einer Sprache hinzuweisen, und es einfach dabei belassen, ohne Änderungsvorschläge zu machen. Ich gehöre nicht dazu. Ich habe gezeigt, dass die deutsche Sprache reformbedürftig ist. Also schön, ich bin bereit, sie zu reformieren. Jedenfalls bin ich bereit, die entsprechenden Vor-

Mark Twain und sein Publikum

schläge zu machen. Dieser Anspruch könnte bei jemand anderem vermessen klingen. Aber ich habe volle neun Wochen auf das gründliche und kritische Studium dieser Sprache verwandt und so die Zuversicht in meine Fähigkeit gewonnen sie zu reformieren, die mir eine oberflächliche Beschäftigung mit ihr keineswegs vermittelt hätte.

Erstens würde ich den Dativ abschaffen. Er bringt den Plural durcheinander. Und außerdem weiß keiner, wann er sich im Dativ befindet, es sei denn, er entdeckt es durch Zufall; und selbst dann weiß er nicht, wann und wo er hineingeraten ist, wie lange er sich schon darin aufhält und wie er je wieder herauskommen soll. Der Dativ ist dekorativer Unsinn, es ist besser, ihn zu beseitigen.

Zweitens würde ich das Verb weiter nach vorne rücken. Man kann ein noch so schönes Verb geladen haben, aber ich behaupte, dass man damit bei der Entfernung im Deutschen das Subjekt niemals erledigen kann; man kann es höchstens zum Krüppel schießen. Daher bestehe ich darauf, dass dieser wichtige Satzteil so weit nach vorne gebracht wird, dass er leicht mit bloßem Auge zu erkennen ist.

Drittens würde ich einige kräftige Wörter aus dem Englischen importieren, um damit zu fluchen oder lebhafte Vorgänge lebendig zu beschreiben.

Viertens würde ich das Geschlecht [der Substantive] neu verteilen und zwar entsprechend dem Willen des Schöpfers – dies schon als Zeichen der Ehrfurcht.

Fünftens würde ich die ellenlangen zusammengesetzten Wörter abschaffen oder jedenfalls vom Sprecher verlangen, dass er sie in Abteilungen vorträgt – mit Erfrischungspausen dazwischen. Am besten wäre es, sie ganz wegzulassen, denn Ideen werden besser aufgenommen und verdaut, wenn sie nicht in Riesenmengen, sondern einzeln aufgetischt werden. Geistige Nahrung ist wie jede andere Nahrung. Es ist angenehmer und bekömmlicher, sie nicht mit der Schaufel, sondern mit dem Löffel zu sich zu nehmen.

Sechstens würde ich vom Sprecher verlangen, dass er aufhört, wenn der Satz zu Ende ist, anstatt seine Rede mit einer sinnlosen Kette von »haben sind gewesen gehabt haben geworden sein« abzuschließen. Diese Art von Geschwafel tut der Sprache Abbruch, statt ihr Eleganz zu verleihen; sie sind eine Zumutung und müssen beseitigt werden.

Siebtens würde ich die Klammer abschaffen. Auch die zweite Klammer, die dritte Klammer und die x-te Klammer und ebenso die abschließende, weitreichende, alles umfassende Königsklammer. Ich würde von jedem Menschen, hoch oder niedrig, verlangen, eine Geschichte schlicht und geradlinig vorzutragen oder sie zusammenzufalten, sich darauf zu setzen und den Mund zu halten. Zuwiderhandlungen sollten mit dem Tode bestraft werden.

Und achtens und letztens würde ich »Zug« und »Schlag« mit ihren Ableitungen beibehalten und das gesamte übrige Vokabular abschaffen. Dies würde die deutsche Sprache vereinfachen. Es gibt in dieser Sprache einige ausgesprochen nützliche Wörter, *Schlag* zum Beispiel und *Zug*. Es gibt eine dreiviertel Spalte *Schläge* im Wörterbuch und anderthalb Spalten *Züge*. Das Wort *Schlag* kann »Blow, Stroke, Dash, Hit, Shock, Clap, Slap, Time, Bar, Coin,

Stamp, Kind, Sort, Manner, Way, Apoplexy, Wood-Cutting, Enclosure, Field, Forest-Clearing« bedeuten. Dies ist seine einfache und *genaue* Bedeutung, also seine eingeschränkte und fest umrissene, aber durch bestimmte Verfahren kann man es freisetzen, so dass es wie auf Flügeln der Morgenröte davonfliegt und nie zur Ruhe kommt. Man kann ihm jedes beliebige Wort an den Schwanz binden und ihm dadurch jede beliebige Bedeutung geben. Man kann mit Schlag-Ader anfangen, was »artery« heißt, und dann das ganze Wörterbuch anhängen, Wort für Wort, das ganze Alphabet hindurch bis hin zu Schlag-Wasser, was »bilge-water« bedeutet, und zu Schlag-Mutter, was »mother-in-law« bedeutet.

Ganz ähnlich mit *Zug*. Im engeren Sinn heißt *Zug* »Pull, Tug, Draught, Procession, March, Progress, Flight, Direction, Expedition, Train, Caravan, Passage, Stroke, Touch, Line, Flourish, Trait of Character, Feature, Lineament, Chess-move, Organ-stop, Team, Whiff, Bias, Drawer, Propensity, Inhalation, Disposition«. Aber was es *nicht* heißen kann, wenn man alle seine legitimen Anhängsel hinzugefügt hat, hat man noch nicht entdeckt.

Damit habe ich die meiner Meinung nach nötigsten und wichtigsten Änderungen genannt. Es sind wohl alle, die man kostenlos von mir verlangen kann. Aber es gibt weitere, die ich nur nennen kann und will, wenn meine Vorschläge dazu führen, dass die

Regierung mich offiziell anstellt, um eine Reform der deutschen Sprache durchzuführen.

Meine philologischen Studien haben mich davon überzeugt, dass ein begabter Mensch Englisch (außer Rechtschreibung und Aussprache) in dreißig Stunden, Französisch in dreißig Tagen und Deutsch in dreißig Jahren lernen kann. Es ist daher offensichtlich, dass die letztere Sprache gestutzt und geflickt werden muss. Wenn sie so bleibt, wie sie ist, sollte sie vorsichtig und ehrfürchtig unter die toten Sprachen eingereiht werden, denn nur die Toten haben genug Zeit sie zu lernen.

Trenne dich nicht von deinen Illusionen. Vielleicht existierst du noch, wenn sie dir abhanden gekommen sind, aber du hast aufgehört zu leben.

Ein alter, weiser und strikter Grundsatz von mir: »Spekulieren ist gut, untersuchen ist besser.«

Die Zuversicht, mit der ich die Religion eines anderen als Unsinn erkenne, lehrt mich, auch meiner eigenen gegenüber skeptisch zu sein.

Es ist sinnvoll, die Wettervorhersage zu lesen, bevor man um Regen betet.

Verschiebe nicht auf morgen, was ebenso gut auf übermorgen verschoben werden kann.

Leseranfrage

»ST. CLAIR HIGGINS.« *Los Angeles.* – »Mein Leben ist zerstört. Ich habe eine Frau heiß, leidenschaftlich geliebt, aber sie hat mich verlassen und sich einem anderen zugewandt. Was raten Sie mir?«

Sie sollten sich auch einer anderen zuwenden – oder mehreren, wenn genügend zur Verfügung stehen. Tun Sie außerdem alles, um Ihre frühere Flamme unglücklich zu machen. In Romanen wird die folgende absurde Vorstellung verbreitet: Je glücklicher eine Frau mit einem anderen Mann ist, desto glücklicher macht es den Liebhaber, den sie hat sitzen lassen. Lassen Sie sich solchen Unsinn nicht einreden. Je mehr Grund das Mädchen dazu hat, zu bedauern, dass sie nicht Sie geheiratet hat, desto wohler werden Sie sich fühlen. Das ist zwar nicht romantisch, aber es ist durch und durch vernünftige Politik.

V
Um eine Illusion ärmer

Ich bekam oft zu hören, dass ich ein kränkliches, anfälliges, anstrengendes und launisches Kind war und während der ersten sieben Jahre meines Lebens hauptsächlich von allopathischen Medikamenten lebte. Ich fragte meine Mutter danach, als sie alt war – es war in ihrem achtundachtzigsten Lebensjahr –, und sagte:

»Ich nehme an, du hast dir die ganze Zeit Sorgen um mich gemacht?«

»Ja, die ganze Zeit.«

»Du hattest Angst, ich würde nicht überleben?«

Sie dachte einen Moment nach, offenbar um sich die Tatsachen in Erinnerung zu rufen, dann sagte sie: »Nein – im Gegenteil.«

Ich erinnere mich an Mary Miller. Sie war mein erster Schwarm, aber sie war, glaube ich, auch die erste, um deretwillen ich Liebeskummer empfand. Ich verliebte mich in sie, als sie achtzehn war und ich neun, aber sie verschmähte mich, und ich begriff, dass die Welt, deren niedrige Temperatur mir bisher nicht aufgefallen war, kalt ist. Ich glaube, auch einem erwachsenen Mann kann in solcher Situation nicht elender zumute sein als mir damals. Ich litt aber an diesem Kummer nicht lange. Soweit ich mich erinnere, übertrug ich meine Gefühle bald auf Artimisia Briggs, die ein Jahr älter war als Mary. Als ich ihr meine Leidenschaft gestand, spottete sie nicht darüber. Sie machte sich auch nicht darüber lustig. Sie behandelte mich freundlich und rücksichtsvoll. Aber sie sagte mir auch entschieden ihre Meinung: Sie wolle nicht von Kindern belästigt werden.

Ich bin in einer Umgebung aufgewachsen, in der Gläubigkeit, Ehrlichkeit und Zutrauen herrschten, ein Einfluss, der seine Wirkung auch Jahre später, als ich in London auf Anzeigen des Phrenologen [Lorenzo N.] Fowler stieß, noch nicht verloren hatte. Ich war froh, seinen Namen zu sehen, und froh, Gelegenheit zu haben, seine Kunst persönlich auf die Probe zu stellen. Die Tatsache, dass ich mich ihm unter falschem Namen vorstellte, ist ein Zeichen dafür, dass das Gebäude meiner Kindheitsgläubigkeit im Laufe der Jahre Risse bekommen hatte. Ich fand Fowler, umgeben von den eindrucksvollen Symbolen seiner Zunft, bei der Arbeit. Auf Podesten, auf Tischen, auf Borden, überall im Raum standen marmorweiße Büsten, die kahlen Schädel über und über mit Höckern bedeckt und jeder Höcker in schwarzen Lettern mit seinem ehrfurchtgebietenden Namen versehen.

Fowler empfing mich eher gleichgültig, tastete meinen Kopf auf desinteressierte Art und Weise ab und leierte meine Wesenszüge mit gelangweilter, monotoner Stimme herunter. Er sagte, ich besäße geradezu erstaunlichen Mut, seltenes Draufgängertum, Schneid, Willenskraft und Unerschrockenheit, die ihresgleichen suchten. Ich war überrascht darüber und fühlte mich geschmeichelt. Das hatte ich nicht erwartet. Aber dann befingerte er die andere Seite meines Schädels und fand dort einen Höcker, den er »Vorsicht« nannte. Dieser Höcker war so riesig, so gewaltig, dass er meinen Muthöcker vergleichsweise auf ein bloßes Hügelchen reduzierte, obwohl der Muthöcker, so wie er ihn beschrieben hatte, bis dahin so prominent gewesen war, dass ich gut und gerne meinen Hut daran hätte aufhängen können. Aber in Gegenwart dieses Matterhorns, das er meine Vorsicht nannte, war er plötzlich nicht mehr der Rede wert. Er erklärte mir, wenn dieses Matterhorn in meinem Charakterbild keine Rolle spielte, wäre ich einer der tapfersten Menschen der Weltgeschichte – vielleicht sogar der tapferste, aber meine Vorsicht habe ein solches Übergewicht, dass sie meinen Mut völlig auslösche und mich zu einem einzigartig ängstlichen Menschen mache. Er fuhr in seinen Enthüllungen fort, mit dem Ergebnis, dass ich am Schluss begabt mit hundert großartigen, glänzenden Eigenschaften dastand, die aber alle ihren Wert verloren und zu einem bloßen Nichts schrumpften, weil jede einzelne an einen gegenteiligen Defekt gekoppelt war, der ihre Wirksamkeit zunichtemachte.

Allerdings fand er an einer Stelle eine *Vertiefung* – eine Vertiefung, wo auf jedem anderen Schädel ein Höcker gewesen wäre. Diese Vertiefung, sagte er, stünde völlig allein, völlig isoliert, in absoluter Einsamkeit und habe keinerlei, auch nicht die allerkleinste gegensätzliche Erhebung, die ihre absolute Einmaligkeit und Abgeschiedenheit ins Positive gewendet hätte. Ich wurde stutzig, als er sagte, dass diese Vertiefung auf einen völligen Mangel an Humor schließen lasse. Nun begann er ein gewisses Interesse zu zeigen. Seine Gleichgültigkeit verschwand. Er wurde geradezu gesprächig angesichts dieses Amerikas, das er entdeckt hatte. Er sagte mir, dass er häufig so ausnehmend kleine Humorhöcker finde, dass man sie kaum wahrnehme, dies aber das erste Mal im Laufe seiner langen Berufserfahrung sei, dass er auf eine *Vertiefung* gestoßen sei, wo er einen Höcker erwartet habe.

Ich war verletzt, gedemütigt, verärgert, behielt diese Gefühle aber für mich. Im Grunde meines Herzens hielt ich seine Diagnose für falsch, aber ich war mir nicht gewiss. Um sicherzugehen, beschloss ich zu warten, bis er mein Gesicht und die Eigenheiten meines Schädels vergessen hatte, und dann wiederzukommen und herauszufinden, ob er wirklich wusste, wovon er redete, oder nur blind drauflosriet. Nach drei Monaten suchte ich ihn erneut auf, aber diesmal unter meinem eigenen Namen. Wieder machte er eine aufsehenerregende Entdeckung. Die Vertiefung war verschwunden und an ihrer Stelle befand sich, bildlich gesprochen, ein Mount Everest, 10 000 m hoch, der erhabenste Humorhöcker, dem er in seiner langjährigen Berufserfahrung je begegnet war! Ich verließ seine Praxis mit einem gewissen Vorurteil gegen die Phrenologie.

Vor elf Jahren machte William T. Stead auf einem Schiff nach Europa ein Foto von meiner rechten Hand und schickte die Abzüge, ohne dabei meinen Namen zu verraten, an zwölf Handleser in London mit der Bitte, ein Gutachten über den Charakter des Besitzers dieser Hand zu machen und ihm zuzuschicken. Die Gutachten wurden erstellt, und Stead veröffentlichte sechs oder sieben davon in seiner Zeitschrift. Diesen Gutachten entnahm ich, dass ich ein Mensch wie jeder andere war und mich nur unwesentlich von meinen Mitmenschen unterschied; jedenfalls nicht auf frappierende und auffällige Weise, außer in einer einzigen Hinsicht. Wenn mein Gedächtnis mich nicht täuscht, wurde in keinem der Gutachten das Wort Humor erwähnt, außer in einem, in dem der Handleser schrieb, dass dem Besitzer der Hand jeder Sinn für Humor abgehe.

Vor zwei Jahren machte mein Verleger George

Harvey Abzüge von meinen beiden Händen und schickte sie an sechs professionelle Handleser hier in New York, Koryphäen auf ihrem Gebiet. Er verschwieg ihnen ebenfalls meinen Namen und bat um Gutachten. Die Geschichte wiederholte sich. Das Wort Humor kam nur einmal in den sechs Gutachten vor, und zwar begleitet von der eindeutigen Aussage, dass dem Besitzer der Hand jeder Humor abgehe. Nun habe ich also Fowlers Gutachten, ich habe die Gutachten von Steads sechs oder sieben Handlesern, ich habe die Gutachten von Harveys halbem Dutzend: Das Beweismaterial, dass ich keinerlei Sinn für Humor besitze, ist überwältigend, unwiderleglich – und nun glaube ich es endlich selbst.

Wie leicht ist es, jemandem eine Lüge aufzubinden, und wie schwer, sie ihm wieder auszutreiben!

Ich glaube, dass unser himmlischer Vater den Menschen erschaffen hat, weil er vom Affen enttäuscht war. Und ich glaube, wann immer ein menschliches Wesen, so intelligent und gebildet es auch sein mag, sich über etwas außerhalb seines ganz speziellen Interessen-, Berufs- oder Erfahrungsgebietes äußert, kann diese Meinung nur so einfältig und wertlos sein, dass sie unserem himmlischen Vater unweigerlich nahelegt, dass auch der Mensch eine Enttäuschung ist und keine wesentliche Verbesserung gegenüber dem Affen darstellt.

Wie ich eine landwirtschaftliche Zeitung redigierte

Ich übernahm die zeitweilige Redaktion eines landwirtschaftlichen Blattes nicht ohne ein gewisses Unbehagen. Schließlich würde ein Landwirt das Kommando eines Schiffes auch nicht ohne ein gewisses Unbehagen übernehmen. Aber ich befand mich in einer Situation, in der das Gehalt den Ausschlag gab. Der eigentliche Redakteur der Zeitung ging auf Urlaub, ich akzeptierte die mir angebotenen Bedingungen und übernahm seinen Posten.

Ich genoss das Gefühl, wieder zu arbeiten, und widmete mich der Arbeit die ganze Woche lang mit unermüdlichem Eifer. Wir gingen in Druck, und ich wartete den ganzen Tag nicht ohne Ungeduld, ob meine Bemühungen irgendwelche Aufmerksamkeit erregen würden. Als ich gegen Abend das Büro verließ, trat eine Gruppe von Männern und Jungen am Fuß der Treppe wie auf Befehl auseinander, um mir Platz zu machen, und ich hörte, wie einer oder zwei von ihnen sagten: »Das ist er!« Ich fühlte mich durch den Zwischenfall natürlich geschmeichelt. Am nächsten Morgen fand sich eine ähnliche Gruppe am Fuß der Treppe ein, und hier und da standen Paare oder einzelne Personen auf der Straße und beäugten mich mit Interesse. Die Gruppe teilte sich und trat zurück, als ich mich näherte, und ich hörte einen Mann sagen: »Seht euch seine Augen an!« Ich tat, als ob ich die Aufmerksamkeit, die ich erregte, nicht bemerkte, aber insgeheim war ich angetan davon und spielte schon mit dem Gedanken, meiner Tante davon zu berichten. Ich ging die wenigen Stufen hinauf und überhörte ausgelassene Stimmen und herzliches Gelächter, als ich mich der Tür näherte, die beim Öffnen den Blick auf zwei junge Bauernburschen freigab, die vor Schreck erblassten, als sie mich sahen, und mit großem Krach aus dem Fenster hechteten.

Ungefähr eine halbe Stunde später trat ein älterer Herr mit wehendem Bart und feinen, aber eher strengen Zügen ein und nahm auf meine Einladung hin Platz. Er schien etwas auf dem Herzen zu haben. Er nahm seinen Hut ab, stellte ihn auf den Fußboden und entnahm ihm ein rotes Seidentaschentuch und ein Exemplar unserer Zeitung.

Er legte die Zeitung auf den Schoß, und während er seine Brille mit dem Taschentuch putzte, sagte er: »Sind Sie der neue Redakteur?«

Ich bestätigte es.

»Haben Sie jemals ein landwirtschaftliches Blatt redigiert?«

»Nein«, sagte ich, »dies ist mein erster Versuch.«

»Ich verstehe. Haben Sie irgendwelche praktischen landwirtschaftlichen Erfahrungen?«

»Nein, nicht dass ich wüsste.«

»Das habe ich fast geahnt«, sagte der ältere Herr, indem er seine Brille aufsetzte und mich über sie hinweg mit einer gewissen Strenge ansah, wobei er sich die Zeitung zurechtfaltete. »Ich möchte Ihnen vorlesen, weshalb ich so etwas geahnt habe. Es war der folgende Leitartikel. Hören Sie zu, und sagen Sie mir, ob das Ihre Worte sind:

»Steckrüben sollten nie gepflückt werden. Es beschädigt sie. Man lässt besser einen Jungen auf den Baum klettern und sie herunterschütteln.«

»Also, was sagen Sie dazu? Denn das sind doch wohl Ihre Worte.«

»Was ich dazu sage? Wieso? Ich sage, es ist sinnvoll. Ich habe keinen Zweifel, dass allein in dieser Stadt jedes Jahr Millionen und Abermillionen Scheffel von Steckrüben dadurch verdorben werden, dass man sie halbreif pflückt, während sie, wenn man sie durch einen Jungen herunterschütteln ließe …«

»Schütteln Sie Ihre Großmutter! Steckrüben wachsen nicht auf Bäumen!«

»Wie, sie wachsen nicht auf Bäumen! Ja, aber wer behauptet das denn? Meine Sprache war bildhaft, durch und durch bildhaft. Jeder, der die leiseste Ahnung von Landwirtschaft hat, weiß, dass ich sagen wollte, der Junge sollte sie vom Spalier schütteln.«

Da erhob sich der alte Mann, riss die Zeitung in Fetzen, trampelte mit den Füßen darauf herum, zerschlug mehrere Gegenstände mit seinem Stock und sagte, ich hätte weniger Verstand als ein Ochse; und dann verließ er das Büro und schlug die Tür hinter sich zu. Kurz und gut, er benahm sich auf eine Weise, dass ich annehmen musste, er sei über irgendetwas verärgert. Aber da ich nicht wusste, worüber, konnte ich ihm nicht helfen.

Kurz darauf stürzte eine lange, ausgemergelte Gestalt mit strähnigem Haar, das ihm auf die Schultern fiel, und Bartstoppeln von einer Woche, die die Hügel und Täler seines Gesichts bedeckten, ins Büro. Er blieb regungslos, mit dem Finger auf den Lippen, Kopf und Körper in lauschender Bewegungslosigkeit verharrend, in der Tür stehen. Kein Laut war zu hören. Er lauschte weiter. Kein Laut. Dann drehte er den Schlüssel im Schloss, kam auf Zehenspitzen auf mich zu und blieb in einiger Entfernung von mir stehen. Nachdem er mein Gesicht eine Zeitlang mit angespanntem Interesse gemustert hatte, zog er eine Zeitung aus seiner Brusttasche und sagte:

»Hier, das ist von Ihnen. Lesen Sie es mir vor, schnell! Erlösen Sie mich. Ich leide.«

Ich las das folgende; und während die Worte über

meine Lippen kamen, sah ich die allmähliche Erleichterung auf seinem Gesicht. Ich konnte erkennen, wie seine verzerrte Muskulatur sich entspannte und Ruhe und Frieden sich über seine Züge ausbreiteten wie barmherziges Mondlicht über eine trostlose Landschaft:

»Der Guano ist ein schöner Vogel, aber er lässt sich nur mit großer Mühe aufziehen. Er sollte nicht vor Juni und nicht nach September importiert werden. Im Winter muss er an einem warmen Ort gehalten werden, wo er seine Jungen ausbrüten kann.

Es ist offensichtlich, dass wir in diesem Jahr eine verspätete Kornsaison haben. Daher kann dem Bauern nur empfohlen werden, seine Maiskolben und sein Knäckebrot im Juli statt im August zu pflanzen.

Und nun zum Kürbis. Diese Beere ist besonders bei den Einwohnern im Inneren Neuenglands beliebt, die sie für Obstkuchen sogar der Stachelbeere vorziehen und ihr als Rinderfutter den Vorzug vor der Himbeere geben, da sie füllender und ebenso nahrhaft ist. Der gemeine Kürbis ist außer dem Flaschenkürbis und ein oder zwei Arten der Melone die einzige genießbare Gattung der Zitrusfamilie, die im Norden gut gedeiht. Aber die Sitte, ihn zusammen mit den anderen Büschen im Vorgarten zu pflanzen, kommt immer mehr aus der Mode, denn es ist jetzt weitgehend bekannt, dass der Kürbis als Schatten spendender Baum seine Erwartungen nicht erfüllt hat.

Jetzt, wo das sommerliche Wetter eingesetzt hat und die Gänseriche zu laichen beginnen …«

Der erregte Zuhörer sprang auf mich zu, um mir die Hand zu schütteln, und sagte:

»Gut, gut, das genügt. Ich bin also doch nicht verrückt, denn Sie haben Wort für Wort wiederholt, was ich selbst gelesen habe. Aber, junger Mann, als ich den Text heute morgen las, sagte ich mir: ›Wie konnte es dazu kommen? Obwohl meine Freunde doch ständig ein Auge auf mich gehabt haben, bin ich, fürchte ich, nun völlig verrückt.‹ Und dann stieß ich einen Schrei aus, den man zwei Meilen weit hören konnte, und machte mich auf den Weg, um jemanden umzubringen, denn ich wusste, es würde früher oder später so weit kommen, also warum sich länger Zwang antun. Ich las noch einmal ein paar Sätze, um ganz sicherzugehen, zündete dann mein Haus an und machte mich auf den Weg. Ich habe einige Leute zu Krüppeln geschlagen und einen Burschen auf einen Baum gescheucht, wo ich ihn jederzeit erwischen kann. Aber ich dachte, es wäre keine schlechte Idee, hier hereinzuschauen, um absolut sicherzugehen, und nun bin ich sicher, und ich kann Ihnen sagen, der Schlingel auf dem Baum hat Glück gehabt. Ich hätte ihn auf dem Rückweg auf jeden Fall umgebracht. Leben Sie wohl, mein Herr. Sie haben mir eine riesige Last vom Herzen genommen. Mein Verstand hat sich einem Ihrer landwirtschaftlichen Artikel gewachsen gezeigt, nun kann ihm nichts mehr etwas anhaben. Leben Sie wohl, mein Herr.«

Ich fühlte mich wegen der Krüppel und der Brandstiftung, an denen dieser Mensch seine Freude gehabt hatte, etwas unbehaglich, denn in gewisser Weise war ich mitverantwortlich dafür. Aber ich konnte diesem Gedanken nicht lange nachhängen, denn der ständige Redakteur trat ein. (Ich dachte bei mir: ›Also, wenn der meinem Rat gefolgt und nach Ägypten gefahren wäre, dann hätte ich eine Chance gehabt, der Zeitung meinen Stempel aufzudrücken, aber er hat die Gelegenheit nicht wahrgenommen, und nun ist er wieder da. Ich hatte eigentlich nichts anderes erwartet.‹)

Der Redakteur sah betrübt, ratlos und niedergeschlagen aus.

Er warf einen Blick auf das Chaos, das der alte Aufrührer und die beiden Bauernburschen hinterlassen hatten, und sagte dann: »Was für eine traurige Geschichte, was für eine durch und durch traurige Geschichte. Die Klebstoffflasche und sechs Fensterscheiben und ein Spucknapf und zwei Kerzenhalter sind zerbrochen. Aber das ist nicht das Schlimmste. Das Ansehen der Zeitung ist geschädigt, und zwar, wie ich fürchte, für immer. Zwar war das Blatt noch nie so begehrt, es hat noch nie so viele Exemplare verkauft und ist noch nie zu solcher Berühmtheit gelangt. Aber will man dank seines Schwachsinns berühmt werden und dank seiner geistigen Umnachtung blühen und gedeihen? Mein Freund, so wahr ich ein ehrlicher Mann bin: Die Straße draußen ist voller Menschen, und manche hocken sogar auf den Zäunen, um einen Blick auf Sie werfen zu können, denn die Leute halten Sie für total verrückt. Und nach der Lektüre Ihres Leitartikels haben sie allen Grund dazu. Sie sind eine Schande für den Journalismus. Wie sind Sie bloß auf den Gedanken gekommen, ein solches Blatt herausgeben zu können? Sie haben von Landwirtschaft doch überhaupt keine Ahnung. Sie sprechen von Saat und Mahd, als wäre es ein und dasselbe. Sie sprechen von der Mauserung der Kühe und empfehlen den Iltis wegen seines verspielten Charakters als Haustier und Rattenfänger! Ihr Hinweis, dass Miesmuscheln still liegenbleiben, wenn man ihnen Musik vorspielt, war überflüssig, völlig überflüssig. Muscheln sind durch nichts aus der Ruhe zu bringen. Muscheln liegen immer still. Musik lässt Muscheln völlig kalt. Lieber Freund, Sie scheinen es sich zur Lebensaufgabe gemacht zu haben, durch Unwissen zu glänzen, und das ist Ihnen voll und ganz gelungen. So etwas habe ich noch nie erlebt. Ihre Behauptung, dass die Rosskastanie als Handelsobjekt immer beliebter wird, hat offensichtlich die Absicht, diese Zeitung zu ruinieren. Ich habe nur noch einen Wunsch: dass Sie den Posten aufgeben und verschwinden. Ich brauche keinen Urlaub, und wenn ich ihn nähme, könnte ich ihn nicht genießen. Jedenfalls nicht, solange Sie mich vertreten. Ich würde in der ständigen Furcht leben, dass Sie wieder etwas Absurdes vorschlagen. Ich könnte aus der Haut fahren, wenn ich sehe, dass Sie Austernbänke unter der Überschrift ›Gartengestaltung‹ besprechen. Verschwinden Sie! Ich werde mich hüten, noch einmal Urlaub zu nehmen. Konnten Sie mir nicht vorher sagen, dass Sie nichts von Landwirtschaft verstehen?«

»Vorher sagen, Sie Bohnenstange, Sie Kohlkopf, Sie Sohn eines Blumenkohls? So rüde hat mich noch nie jemand behandelt. Und ich will Ihnen mal etwas sagen: Ich habe eine vierzehnjährige Erfahrung als Zeitungsredakteur, und dies ist das erste Mal, dass jemand behauptet, man müsse etwas von der Materie verstehen, um eine Zeitung zu redigieren. Sie Rübe! Wer schreibt denn die Theaterkritiken für die Provinzzeitungen? Ja, wer wohl? Ein Verein von hochgejubelten Schuhmachern und Apothekerlehrlingen, die von Schauspielerei auch nicht mehr verstehen als ich von der Landwirtschaft. Wer rezensiert denn Bücher? Leute, die nie eins geschrieben haben. Wer ist denn für die Leitartikel im Wirtschaftsteil verantwortlich? Spezialisten, die keine Gelegenheit ausgelassen haben, nichts darüber zu erfahren. Wer kritisiert die Kriegszüge gegen die Indianer? Männer, die einen Kriegsschrei nicht von einem Wigwam unterscheiden können, die nie einen Wettlauf mit einem Tomahawk in der Hand gemacht haben oder den diversen Mitgliedern ihrer eigenen Familie nie Pfeile aus dem Leib ziehen mussten, um damit das abendliche Lagerfeuer anzuzünden. Wer schreibt denn die antialkoholischen Artikel und regt sich über den Bierkonsum auf? Leute, die erst, wenn sie ins Grab sinken, keine Fahne mehr haben. Wer redigiert denn die landwirtschaftlichen Blätter, Sie ... Sie Kartoffelkopf? Normalerweise Menschen, die es als Verseschmiede, als Kitschromanschreiber, als Sensationsdramatiker, als Großstadtredakteure zu nichts gebracht haben und schließlich bei einem landwirtschaftlichen Blatt unterkriechen, um dem Armenhaus zu entgehen. Und Sie wollen mir etwas vom Zeitungswesen erzählen! Mein Lieber, ich habe es von Alpha bis Omaha durchstudiert, und ich sage Ihnen, je weniger jemand weiß, desto größer ist das Aufsehen, das er erregt, und desto größer ist das Gehalt, das er fordert. Wenn ich strohdumm statt kultiviert, dreist statt zurückhaltend gewesen wäre, dann hätte ich mir weiß Gott in dieser herzlosen, egoistischen Welt einen Namen machen können. Ich empfehle mich, mein Herr. So lasse ich mich nicht behandeln, dann gehe ich lieber. Denn meine Pflicht habe ich getan. Ich habe meinen Vertrag Punkt für Punkt erfüllt. Ich habe versprochen, Ihr Blatt für die ganze Bevölkerung interessant zu gestalten – und das habe ich getan. Ich habe versprochen, die Auflage auf 20 000 zu erhöhen – und wenn mir noch zwei weitere Wochen zur Verfügung gestanden hätten, hätte ich auch das getan. Und ich hätte Ihnen die ausgesuchteste Leserschaft zugeführt, die eine landwirtschaftliche Zeitung je gehabt hat – keinen Bauern darunter und nicht einen einzigen Leser, der auch unter Androhung des Todes einen Wassermelonenbaum von einer Pfirsichranke unterscheiden könnte. Sie ziehen den Kürzeren bei unserem Zerwürfnis, nicht ich, Sie Pizzapflanze. Adios.«

Und damit ging ich.

Wir haben einen Begriff ins Wörterbuch geschmuggelt, der nicht hineingehört: Selbstaufopferung. Er beschreibt etwas, das es gar nicht gibt.

Wenn man einen verhungernden Hund mitnimmt und ihn aufpäppelt, beißt er einen nicht. Das ist der Hauptunterschied zwischen Hunden und Menschen.

Einer der Beweise für die Unsterblichkeit der Seele ist, dass Myriaden daran geglaubt haben. Aber sie haben auch daran geglaubt, dass die Erde flach ist.

Notwendigkeit ist die Mutter des Risikos.

Leseranfrage

[Antwort an einen moralischen Statistiker]

Mir liegt nichts an Ihren Statistiken, ich habe den ganzen Stapel genommen und meine Pfeife damit angezündet. Ich hasse Leute wie Sie. Sie sind ständig nur damit beschäftigt herauszufinden, wie sehr es der Gesundheit eines Menschen schadet, wie sein Verstand darunter leidet und wie viel klägliche Dollar und Cent er in zweiundneunzig Jahren verschwendet, wenn er sich der tödlichen Gewohnheit des Rauchens und der ebenso tödlichen Gewohnheit des Kaffeetrinkens hingibt, gelegentlich Billard spielt, ab und zu ein Glas Wein zum Essen trinkt usw. usw. usw.; und wie viele Frauen dadurch in Flammen aufgehen, dass ihre Kleidung aus brennbaren Stoffen angefertigt ist usw. usw. usw. Sie sehen alles immer nur von einer Seite. Sie sind blind gegenüber der Tatsache, dass die meisten alten Männer in Amerika rauchen und Kaffee trinken, obwohl sie nach Ihrer Theorie hätten jung sterben müssen, und dass unverwüstliche alte Engländer Wein trinken und immer noch am Leben sind und wohlbeleibte alte Holländer sowohl hemmungslos trinken und auch rauchen und doch ständig älter und fetter werden. Und Sie bemühen sich weder herauszufinden, wie viel Behagen, Entspannung, Genuss das Rauchen jemandem im Laufe seines Lebens gewährt (was zehnmal mehr wert ist als das Geld, das er durch das Aufgeben sparen würde), noch fragen Sie sich, auf welches erschreckende Ausmaß an Wohlbefinden Sie und Ihresgleichen verzichten, weil Sie *nicht* rauchen. Natürlich kann man dadurch Geld sparen, dass man sich fünfzig Jahre lang all diese sündhaften kleinen Freuden des Lebens versagt. Aber was soll man dann mit den fünfzig Jahren anfangen? Welchen Sinn sollen sie haben? Geld kann Ihre infinitesimale Seele nicht retten. Der ganze Zweck des Geldes besteht doch darin, dass es einem Behagen und Genuss gewährt. Wenn Sie aber ein Feind von Behagen und Genuss sind, wozu horten Sie dann Geld? Und kommen Sie mir nicht damit, dass Sie es besser dafür ausgeben können, eine gepflegte Tafel zu führen und Wohltätigkeiten und Missionsarbeit zu unterstützen, denn Sie wissen selber ganz genau, dass Leute wie Sie, die keine kleinen Laster haben, notorisch geizig sind und sich sogar das Essen vom Mund absparen, so dass sie immer schwach und hungrig sind. Und aus Angst, dass ein armer Teufel Sie bei guter Laune antreffen und um einen Dollar anpumpen könnte, wagen Sie nicht einmal bei hellem Tageslicht, herzlich zu lachen. Und in der Kirche liegen Sie immer gerade auf den Knien und beten mit gesenktem Haupt, wenn der Klingelbeutel rumgeht, und bei der Steuerbehörde geben Sie nie Ihr tatsächliches Einkommen an. Aber das alles wissen Sie selber so gut wie ich, nicht wahr? Wozu also dann Ihr elendes Leben bis ins kümmerliche und fade Alter ausdehnen? Wozu Geld sparen, wenn Sie doch nichts damit anzufangen wissen? Kurz und gut, warum verschwinden Sie nicht einfach und sterben irgendwo in aller Stille, statt mit Ihren moralischen Statistiken dauernd zu versuchen, Leute von einem ebenso ehrenwerten und lieblosen Leben zu überzeugen, wie Sie es führen? Zwar bin ich keineswegs für hemmungslose Ausschweifungen und gebe mich ihnen auch nicht hin. Aber ich traue keinem über den Weg, der keinerlei sympathische kleine Laster hat. Und deshalb möchte ich nie wieder von Ihnen hören. Ich habe sogar den Verdacht, Sie sind derjenige, der mir letzte Woche einen langen Vortrag über das entwürdigende Laster des Zigarrenrauchens gehalten hat und dann in meiner Abwesenheit mit feuerfesten Handschuhen in mein Haus eingedrungen ist und meinen hübschen Wohnzimmerofen entwendet hat.

VI

Sehenswerte Ruinen

Selbst die Tinte der Geschichtsschreibung ist nichts als flüssiges Vorurteil.

Wie man die Gottheit entziffert

Diese Zeile von Hieroglyphen war vierzehn Jahre lang die Verzweiflung all der Forscher, die über den Geheimnissen des Rosettasteins gebrütet haben:

Nach fünf Jahren intensiver Arbeit übersetzt Champollion sie folgendermaßen:

> Daher soll Epiphanias weiterhin in allen Tempeln angebetet werden; dies soll gelten – unter Androhung der Todesstrafe.

Das war allerdings schon die vierundzwanzigste Übersetzung, die von der Forschung vorgelegt wurde. Eine Zeitlang galt sie als richtig. Aber nur eine Zeitlang. Dann begannen Zweifel einzusetzen und sie zu untergraben, und die Forschung begann von neuem.

Drei Jahre geduldiger Arbeit förderten elf neue Übersetzungen zutage; darunter fand die folgende von Grünfeldt erhebliche Zustimmung:

> Das Pferd des Epiphanias soll auf öffentliche Kosten unterhalten werden; dies soll gelten – unter Androhung der Todesstrafe.

Die folgende Version von Gospodin allerdings fand unter den Gelehrten noch entschiedenere Zustimmung:

> Der Priester soll die Weisheit des Epiphanias allen Menschen erklären, und sie sollen ehrfürchtig zuhören – unter Androhung der Todesstrafe.

Sieben Jahre folgten, in denen einundzwanzig neue und erheblich voneinander abweichende Versionen vorgeschlagen wurden – keine von ihnen vollständig überzeugend. Aber dann, zu guter Letzt, trat Rawlinson, der jüngste der Forscher, mit einer Übersetzung hervor, die sofort und einhellig als die richtige Fassung anerkannt wurde, und sein Name wurde über Nacht berühmt. Und zwar so berühmt, dass auch Kinder ihn kannten. Und solches Aufsehen erregte seine Leistung, dass nicht einmal die Reaktion auf das sensationellste politische Ereignis jenes Jahres – die Flucht von Elba – sie aus den Schlagzeilen verdrängen konnte. Rawlinsons Fassung lautet folgendermaßen:

Deshalb, wende dich nicht ab von der Weisheit des Epiphanias, sondern kehre um und folge ihr; so wirst du den Frieden des Tempels finden, der dir lindert die Sorgen des Lebens und die Androhung der Todesstrafe.

Die Altardecke eines Zeitalters ist die Fußmatte des nächsten.

Wenn Menschen einmal einen Aberglauben angenommen haben, trennt sie nur der Tod davon.

DAS RÖMISCHE KOLOSSEUM
BEISPIELLOSE ATTRAKTIONEN

NEUE IMPORTE! NEUE LÖWEN!
NEUE GLADIATOREN!

Auftritt des berühmten

MARCUS MARCELLUS VALERIANUS!

NUR SECHS ABENDE!

Der Veranstalter erlaubt sich, der Öffentlichkeit ein Spektakel zu bieten, wie es an Großartigkeit noch von keiner Bühne übertroffen wurde. Keine Kosten sind gespart worden, um die Eröffnungssaison aus Hochachtung vor dem geschätzten Publikum zu einem beispiellosen Erfolg zu machen. Der Veranstalter erlaubt sich mitzuteilen, dass es ihm gelungen ist,

EINE PHALANX VON TALENT

unter Vertrag zu nehmen, wie man sie in Rom noch nie gesehen hat.

Die Vorstellung beginnt heute abend mit einem

GRANDIOSEN SCHWERTKAMPF!

zwischen zwei jungen und vielversprechenden Amateuren und einem gefeierten parthischen Gladiator, der gerade erst als Gefangener aus dem Feldlager des Verus gekommen ist.

Darauf folgt ein sensationelles, erhebendes

DUELL MIT DER STREITAXT!

zwischen dem berühmten Valerianus (eine Hand hinter dem Rücken gefesselt) und zwei gigantischen Wilden aus Britannien.

Darauf wird der berühmte Valerianus (wenn er überlebt) mit dem Schwert

LINKSHÄNDIG!

gegen sieben Studenten der Gladiatorenschule kämpfen – sechs aus dem zweiten Semester und einem aus dem ersten Semester!

Dann folgt eine lange Reihe von glänzenden Darbietungen, an denen die größten Talente des Imperiums teilnehmen.

Danach wird das gefeierte Wunderkind, genannt

»DER JUNGE ACHILL«,

bewaffnet nur mit seinem kleinen Speer, vier Tigerjunge zum Kampf herausfordern!

Den Abschluss bildet ein schnörkelloses und elegantes

ALLGEMEINES SCHLACHTEN,

in dem dreizehn afrikanische Löwen und zweiundzwanzig gefangene Barbaren sich bis zum bitteren Ende bekriegen.

DER VORVERKAUF HAT BEGONNEN.

Erster Ring ein Dollar; Kinder und Sklaven die Hälfte.

Eine einsatzbereite Polizeitruppe wird für Ordnung sorgen und verhindern, dass die wilden Tiere über die Barrieren springen und das Publikum belästigen.

Eintritt ab neunzehn Uhr; die Vorstellung beginnt um zwanzig Uhr.

KEINE FREIKARTEN.

Diodorus Pressevertrieb

Es war ein außerordentlicher Glücksfall, dass ich unter den Trümmern der Arena ein fleckiges und zerfleddertes Exemplar der Tageszeitung *Römische Streitaxt* fand, das eine Rezension genau dieser Veranstaltung enthielt. Sie kommt Jahrhunderte zu spät, um als Neuigkeit zu gelten, und ich veröffentliche sie auch nur, um zu zeigen, wie wenig sich Ton und Stil der Theaterkritik geändert haben, seit die Zeitungsverkäufer vor so langer Zeit dieses noch druckfeuchte Exemplar ihren römischen Lesern überreichten:

> DIE ERÖFFNUNGSSAISON DES KOLOSSEUMS. Trotz des unfreundlichen Wetters fand sich gestern abend alles ein, was Rang und Namen in Rom hat, um das Debüt eines jungen Tragöden auf den Brettern der Hauptstadt mitzuerleben, der sich in den Amphitheatern der Provinz so viel Lorbeeren erworben hat. Ungefähr sechzigtausend Zuschauer waren zugegen, und man darf vermuten, dass das Haus ausverkauft gewesen wäre, wenn die Straßen nicht unpassierbar gewesen wären. Seine erhabene Majestät, Kaiser Aurelius, nahm in der kaiserlichen Loge Platz und war der Anziehungspunkt der allgemeinen Aufmerksamkeit. Viel Adel und hohes Militär des Reiches beehrten das Ereignis mit ihrer Gegenwart, unter ihnen nicht zuletzt der junge Leutnant aus altem patrizischen Haus, dessen jüngst in den Rängen der »Donnerlegion« er-

worbene Lorbeeren noch nicht verwelkt waren. Der Beifallssturm, der seinen Eintritt begleitete, war jenseits des Tibers zu hören!

Die vor kurzem vorgenommenen Ausbesserungen und Verschönerungen des Kolosseums tragen wesentlich zu seiner größeren Gemütlichkeit und Bequemlichkeit bei. Die neuen Kissen bieten gegenüber den Marmorsitzen, die wir bisher gewohnt waren, erheblich größeren Komfort. Der jetzige Veranstalter verdient den Dank des Publikums. Er hat dem Kolosseum den Goldglanz, die üppigen Sitzgelegenheiten und die durchgängige Pracht wiedergegeben, auf die Rom vor fünfzig Jahren, wie Kenner versichern, so stolz war.

Die Eröffnungsszene gestern abend, der Schwertkampf zwischen zwei jungen Amateuren und einem berühmten, als Gefangenen hergebrachten parthischen Gladiator, war eindrucksvoll. Der ältere der beiden jungen Adligen handhabte seine Waffe mit einer Eleganz, die von einem großen Talent zeugte. Seine Finte und der ihr folgende glücklich ausgeführte Schwertstreich, durch den der Parther den Helm verlor, wurden mit herzlichem Applaus bedacht. Seine Riposte hatte nicht die gleiche unwiderstehliche Kraft, aber es ist für seine zahlreichen Freunde wohltuend zu wissen, dass er diese Schwäche durch hartes Training hätte überwinden können. Er wurde jedoch getötet. Seine anwesenden Schwestern gaben ihrem Bedauern lebhaften Ausdruck. Seine Mutter verließ das Kolosseum. Der andere Jüngling stand den Kampf weitgehend mit solcher Bravour durch, dass er Beifallsstürme erntete. Als er schließlich tot zu Boden sank, lief seine alte Mutter schreiend, mit aufgelöstem Haar und Tränen in den Augen davon, wurde aber in dem Augenblick ohnmächtig, als sie sich mit den Händen an der Balustrade festhalten wollte. Sie wurde unverzüglich von der Polizei entfernt. Unter den gegebenen Umständen mag das Verhalten der Frau vielleicht verzeihlich gewesen sein, aber wir geben zu bedenken, ob eine derartige Hemmungslosigkeit während einer solchen Darbietung nicht doch der geziemenden Schicklichkeit widerspricht, die in Anwesenheit des Kaisers unbedingt gewahrt werden sollte. Der parthische Gefangene kämpfte tapfer und ausdauernd; und das musste er auch, denn er kämpfte um Leben und Freiheit. Seine Frau und seine Kinder waren anwesend, um ihn mit ihrer Liebe anzufeuern und ihn daran zu erinnern, dass er als Sieger seine Heimat wiedersehen würde. Als sein zweiter Gegner fiel, drückte die Frau ihre Kinder an die Brust und weinte vor Freude. Aber die Freude währte nicht lange. Der Gefangene wankte auf sie zu, und sie sah, dass die hart erkämpfte Freiheit zu spät kam. Er war tödlich verwundet. So fand der erste Akt ein vollkommen befriedigendes Ende. Der Veranstalter wurde in die Arena gerufen und bedankte sich mit einer Rede voller Witz und Humor für die ihm angetane Ehre und schloss mit der Hoffnung, dass seine bescheidenen Bemühungen, heitere und lehrreiche Unterhaltung zu bieten, weiterhin die Gunst des römischen Publikums finden würden.

Nun erschien der Star des Abends und wurde mit donnerndem Beifall und von sechzigtausend winkenden Taschentüchern begrüßt. Marcus Marcellus Valerianus (ein Künstlername – sein richtiger Name ist Schmidt) ist ein Muster an Athletentum und künstlerischer Begabung. Sein Umgang mit der Streitaxt ist bewundernswert. Sein schauspielerisches Talent und seine komödiantische Ader sind unwiderstehlich, werden aber von seinen erhabenen Inspirationen im ernsten Reich der Tragödie noch übertroffen. Als er seine Streitaxt im Rhythmus seiner tänzerischen Körper- und Beinbewegungen wild über den Köpfen der Barbaren kreisen ließ, brach das Publikum in schallendes Gelächter aus. Als er aber mit der stumpfen Seite seiner Waffe dem einen Gegner den Schädel zertrümmerte und mit der scharfen Seite den Körper des anderen spaltete, kannte der Jubel, der ihm die höchste Meisterschaft seiner Kunst bescheinigte, keine Grenzen. Wenn er einen Fehler hat (und wir bedauern, derlei überhaupt in Erwägung zu ziehen), dann ist es der, dass er in den spannendsten Augenblicken seiner Darbietung beifallheischend ins Publikum schaut. Den Kampf zu unterbrechen, wenn Bouquets auf ihn niederregnen, verrät ebenfalls Mangel an Geschmack. In dem grandiosen Kampf mit der linken Hand schien er die halbe Zeit ins Publikum zu schielen, statt seine Gegner in Stücke zu schneiden. Und als er all die Zweitsemester erledigt hatte und mit dem Erstsemester sein Spiel trieb, beugte er sich vor, fing ein Bouquet in der Luft auf und bot es seinem Gegner gerade in dem Moment dar, als ein Schlag dessen Schicksal zu besiegeln im Begriff war. Derartiger Leichtsinn mag in der Provinz angebracht sein, aber der Würde der Metropole ist er keineswegs angemessen. Wir hoffen, unser junger Freund nimmt uns diesen Hinweis nicht übel, er geschieht ausschließlich zu seinem Besten. Wer uns kennt, weiß, dass wir gelegentlich Tigern und Märtyrern gegenüber entschieden kritisch sind, aber niemals Gladiatoren beleidigen wollen.

Das Wunderkind wirkte Wunder. Es besiegte seine vier Tigerjungen mit Leichtigkeit und verlor nichts als ein Stück Kopfhaut. Das abschließende »Schlachten« wurde mit einer Detailtreue ausgeführt, die all den daran beteiligten verblichenen Teilnehmern das beste Zeugnis ausstellt.

Alles in allem gereicht die gestrige Veranstaltung nicht nur dem Veranstalter, sondern auch der Stadt zur Ehre, die einer so gesunden und verantwortungsbewussten Unterhaltung ihren berechtigten Platz einräumt. Wir haben lediglich anzumerken, dass die Angewohnheit der pöbelhaften Jugend auf den Stehplätzen, die Tiger mit Erdnüssen und Papierkugeln scheu zu machen, »Hoho« zu rufen und ihrer Zustimmung oder Ablehnung durch Zurufe Ausdruck zu geben wie »Gib's dem Löwen!«, »Ran, Gladi!«, »Rede halten!«, »Ran an den Speck!« oder »Geh mal um'n Pudding!«, in Anwesenheit des Kaisers außerordentlich unangebracht sind und von der Polizei unterbunden werden sollten. Mehrmals geschah es gestern abend, als das Räumkommando die Arena betrat, um die Leichen wegzuschaffen, dass die rüden Bengel »Klasse, Klasse!« und »Tolle Pelle!« und »Wo haste die Storchenbeine her?« und auch sonst allerlei Abfälliges johlten. Solch Benehmen ist eine Beleidigung für das Publikum.

Für die »Kleinen« soll morgen eine Matinee stattfinden, bei der mehrere Märtyrer von Tigern verspeist werden. Die abendlichen Veranstaltungen finden mit wechselndem Programm bis auf weiteres täglich statt. Eine Sonderveranstaltung zugunsten des Valerianus am Dienstag, dem 29. – sofern er noch lebt.

Sitten und Bräuche sind Versteinerungen: Nichts als Dynamit kann sie für ein Jahrhundert erschüttern.

[Der technisch versierte »Connecticut Yankee« aus dem späten 19. Jahrhundert am frühmittelalterlichen Hof des Königs Artus möchte die Zauberkünste seines Rivalen Merlin übertrumpfen:]

Wir legten – nicht ohne Absicht, nämlich um der Wirkung willen – eine feierliche Pause von ungefähr zwanzig Minuten ein. Es ist immer gut, sein Publikum eine Weile auf die Folter zu spannen. Schließlich erhob sich in der Stille ein feierlicher lateinischer Gesang von Männerstimmen, schwoll an und erfüllte die Nacht mit einer majestätischen Klangwoge. Die Idee war ebenfalls von mir und gehörte zu meinen besten Bühneneffekten. Als er verklungen war, trat ich auf die Bühne und stand zwei Minuten lang mit ausgebreiteten Händen und aufwärts gerichteten Augen da – das erzeugt immer eine tödliche Stille – und dann verkündete ich langsam und mit drohender Stimme, die die Massen erzittern und viele Frauen die Besinnung verlieren ließ, dieses grässliche Wort:

»Constantinopolitanischedudelsackpfeifenmachergesellschaft!«

Während ich die abschließenden Brocken dieses Wortes ausstieß, schaltete ich eine meiner elektrischen Anlagen an, und die ganze düstere Menschenmasse war plötzlich in widerlich grelles blaues Licht getaucht! Die Wirkung war überwältigend. Menschen kreischten haufenweise, Frauen wanden sich und flohen in alle Richtungen, Waisenkinder wälzten sich reihenweise am Boden. Abt und Mönche bekreuzigten sich behende, und ihre Lippen murmelten erregt Gebete. Merlin ließ sich nicht aus der Fassung bringen, aber das Erstaunen durchzuckte ihn bis in die Hühneraugen. So etwas hatte er in seinem ganzen Leben noch nicht gesehen. Jetzt hieß es, alle Register zu ziehen. Ich hob die Hände, und wie in Todesqualen stöhnend stieß ich das folgende Wort aus:

»Nihilistendynamittheaterkästchensprengungs-attentatsversuchungen!«,

und ließ das rote Feuer aufflammen. Sie hätten hören sollen, wie dieses Meer von Menschen stöhnte und heulte, als die blutrote Hölle sich mit der blauen mischte! Nach sechzig Sekunden schrie ich:

»Transvaaltruppentropentransporttrampeltier-treibertrauungstränentragödie!«,

und entzündete das grüne Feuer. Ich wartete vierzig Sekunden, breitete die Arme weit aus, stieß donnernd die verheerenden Silben dieses Wortes aller Wörter aus:

Ein Yankee am Hofe des Königs Artus
(Illustration von Lovis Rhead, 1903)

»Mekkamuselmanenmassenmenschenmörder-
mohrenmuttermarmormonumentenmacher!«,

und setzte den violetten Lichtstrahl in Gang. Da leuchteten sie alle auf einmal rot, blau, grün und violett! – vier sprühende Vulkane, die riesige Wolken farbigen Rauchs ausstießen und das Tal bis in die hintersten Winkel mit einem blendenden, regenbogenfarbenen Wetterleuchten erhellten. In der Ferne sah man, wie der Säulenheilige sich stocksteif gegen den Himmel abhob: Zum ersten Mal in zwanzig Jahren hatte er das Schaukeln eingestellt.

Es war eine große Leistung, Amerika zu entdecken, aber es wäre eine noch größere gewesen, daran vorbeizufahren.

Leseranfrage

[Antwort an einen Wissbegierigen in Oakland]

Ja, Sie haben recht. Amerika wurde nicht von Alexander Selkirk entdeckt.

VII
Unter Engeln

In einer Religionsstunde beschäftigte sich Mrs. Horr [unsere Lehrerin] mit dem Text »Bittet, so wird euch gegeben«, und sie sagte, wenn jemand um etwas ehrlich und inbrünstig betet, dann braucht er an der Erfüllung seines Gebets nicht zu zweifeln. […]

Ich fand, ich müsse diese Behauptung auf die Probe stellen. Ich glaubte Mrs. Horr jedes Wort und zweifelte nicht an dem Resultat. Ich betete um Pfefferkuchen. Margaret Kooneman, die Bäckerstochter, brachte jeden Morgen ein Stück Pfefferkuchen mit in die Schule. Sie hielt ihn immer geheim vor uns, aber als ich mein Gebet beendet hatte und aufblickte, da lag er in greifbarer Nähe vor mir, und sie guckte gerade weg. Niemals in meinem ganzen Leben habe ich die Erfüllung eines Gebets mehr genossen als in diesem Fall, und obendrein war ich zum Christentum bekehrt.

An einer Stelle [in Hawaii] stießen wir auf eine große Gruppe nackter Eingeborener beiderlei Geschlechts und jeden Alters, die sich dem Nationalsport hingaben – dem Surfen. Die Heiden paddelten ungefähr drei- oder vierhundert Meter auf das Meer hinaus (wobei sie ein kurzes Brett mitnahmen), drehten sich dann zur Küste und warteten, bis eine besonders riesige Welle herankam. Im richtigen Augenblick schwangen sie *ihr Brett* auf den Wellenkamm und *sich* auf das Brett und sausten wie eine Rakete auf das Ufer zu! Auch ein Schnellzug könnte nicht mit solch haarsträubender Geschwindigkeit dahinrasen. Ich habe einmal versucht zu surfen, aber es gelang mir nicht. Ich schwang das Brett zwar im richtigen Moment auf die Welle, aber *ich* verpasste den Anschluss. Das Brett erreichte das Ufer in knapp einer Sekunde, allerdings ohne Fracht, und ich wurde zur selben Zeit mit etwa hundert Litern Wasser im Bauch auf den Meeresboden geschleudert. Noch nie hat jemand außer den Eingeborenen die Kunst des Surfens gemeistert.

Damals strömten die Goldgräber in Scharen herbei, um einen Blick auf etwas so Seltenes und Köstliches wie eine Frau zu werfen. Alte Hasen erzählen, wie sich in manchen Lagern morgens herumsprach, wenn eine Frau angekommen war. Sie hatten am Lagerplatz unten ein Kleid an einem Wagen hängen sehen, ein Zeichen, dass Siedler über die große Prärie gekommen waren. Alle gingen hinunter und ein »Hurra« erhob sich in die Luft, wenn tatsächlich ein wahres und wirkliches Kleid im Wind flatterte.

Der männliche Siedler tauchte auf. Die Goldsucher sagten:

»Hol sie raus!«

Er sagte: »Sie ist meine Frau, meine Herren, sie ist krank, wir sind von den Indianern ausgeraubt worden, Geld, Vorräte, alles weg, wir brauchen Ruhe.«

»Hol sie raus! Wir wollen sie sehen!«

»Aber meine Herren, das arme Geschöpf, sie ...«

»HOL SIE RAUS!«

Er »holte sie raus«, und sie warfen die Hüte in die Luft, riefen drei »Hurras«, applaudierten, drängten sich heran, starrten sie an, berührten ihr Kleid und lauschten ihrer Stimme mit dem Gesicht von Männern, die eher eine Erinnerung heraufbeschwören als eine Wirklichkeit erleben – und dann sammelten sie zweitausendfünfhundert Dollar in Gold und gaben sie dem Mann, warfen wieder ihre Hüte in die Luft, riefen wieder »Hurra« und gingen zufrieden weg.

Tom Nash, der Sohn des Postbeamten, war ein Junge in meinem Alter. Der Mississippi war zugefroren, und eines Nachts gingen er und ich, vermutlich ohne Erlaubnis, Schlittschuhlaufen. Ich wüsste nicht, was uns hätte reizen sollen, ausgerechnet nachts um 12 Uhr Schlittschuh zu laufen, wenn es nicht verboten gewesen wäre. Gegen Mitternacht, als wir schon eine halbe Meile in Richtung auf das andere Ufer zurückgelegt hatten, hörten wir zwischen uns und dem diesseitigen Ufer ein verdächtiges Grollen, Knirschen und Krachen und wussten, was es bedeutete: Das Eis brach auf. In höchster Angst machten wir auf der Stelle kehrt. Wir jagten in rasendem Tempo dahin, wann immer das Mondlicht durch die Wolken brach und wir sehen konnten, was Eis und was Wasser war. Zwischendurch blieben wir stehen, liefen weiter, wenn sich eine Brücke aus Eis bildete, hielten wieder an, wenn wir auf blankes Wasser stießen, und warteten verzweifelt, bis eine riesige Eisscholle vorbeitrieb und sich uns eine Brücke bot. Wir brauchten eine ganze Stunde für die Strecke – eine Strecke, die wir in heller Panik zurücklegten. Aber schließlich hatten wir das Ufer fast erreicht. Wieder mussten wir warten. Wir brauchten noch eine Brücke aus Eis. Ringsum tanzten schwankend und knirschend Eisschollen vorbei, türmten sich am Ufer zu Bergen übereinander, so dass die Gefahr zu- und nicht abnahm. Wir konnten es nicht abwarten, endlich festen Boden unter den Füßen zu haben, und begannen deshalb zu früh, von Scholle zu Scholle zu springen. Tom verkalkulierte sich dabei und sprang zu kurz. Er nahm ein eisiges Bad, aber war so nah am Ufer, dass er nur ein oder zwei Züge zu schwimmen brauchte, bis er festen Grund unter den Füßen spürte und ans Ufer kriechen konnte. Ich erreichte das Ufer ohne Zwischenfall etwas später. Wir waren in Schweiß gebadet, und Toms kühles Bad erwies sich als Katastrophe für ihn. Er legte sich krank ins Bett und bekam eine Krankheit nach der anderen. Die letzte war Scharlach, und als er endlich wieder aufstand, war er stocktaub. Wie nicht anders zu erwarten, verlor er natürlich auch die Sprache. Er lernte später wieder sprechen, jedenfalls einigermaßen, doch es war nicht immer leicht zu verstehen, was er sagen wollte. Er konnte allerdings die Lautstärke nicht abschätzen, da er sich selbst nicht hören konnte. Wenn er glaubte, mit leiser, vertraulicher Stimme zu sprechen, konnte man ihn kilometerweit hören.

Vor vier Jahren lud mich die Universität von Missouri ein, um mir einen Ehrendoktorhut zu verleihen. Ich nahm die Gelegenheit wahr, eine Woche in Hannibal zu verbringen, jetzt eine Kleinstadt, damals ein Dorf. Seit meinem gemeinsamen Abenteuer mit Tom Nash waren fünfundfünfzig Jahre vergangen. Bei meiner Abreise hatte sich eine große Zahl von Einwohnern am Bahnhof versammelt. Plötzlich sah ich Tom Nash über den Vorplatz auf mich zukommen, und ich ging ihm entgegen, denn ich erkannte ihn sofort. Er war alt und weißhaarig, aber der fünfzehnjährige Junge von damals war nicht zu verkennen. Er beugte sich zu mir, legte mir die Hand wie eine Trompete ans Ohr, wies mit dem Kopf auf die umstehenden Bürger und sagte vertraulich – mit der Lautstärke eines Nebelhorns: »Immer noch dieselben alten Trottel, Sam.«

Der Pastor verteilte den Bibeltext und leierte dann mit monotoner Stimme eine Predigt herunter, die so trocken war, dass manchem allmählich der Kopf auf die Brust sank [...].

Tom [Sawyer] litt Höllenqualen. [...] Nach einer Weile fiel ihm der Schatz ein, den er bei sich hatte, und er holte ihn heraus. Es war ein großer, schwarzer Käfer mit gewaltigen Zangen, den er ›Kneifer‹ nannte. Er bewahrte ihn in einer Blechschachtel auf. Als erstes erwischte ihn der Käfer am Finger. Unwillkürlich zuckte Tom mit der Hand, der Käfer flog auf dem Rücken landend in den Gang und der schmerzende Finger wanderte in den Mund des Jungen. Der Käfer zappelte hilflos mit den Beinen, ohne sich umdrehen zu können. Tom beäugte ihn sehnsüchtig, aber er war außer Reichweite. Auch andere Leute interessierten sich nun mehr für den Käfer als für die Predigt und beäugten ihn ebenfalls. Plötzlich kam, Trauer im Herzen, müde von der Sommerhitze, ein herrenloser Pudel angeschlendert, erpicht, seinem Gefängnis zu entkommen, und nach Abwechslung lechzend. Er erspähte den Käfer, der hängende Schwanz richtete sich auf und wedelte. Er besichtigte seine Beute, wanderte um sie herum, beroch sie aus sicherer Entfernung, wanderte noch einmal um sie herum, wurde kesser und beroch sie aus der Nähe. Dann schob er die Lefzen vor, schnappte vorsichtig danach, verpasste sie aber, machte noch einen Versuch und noch einen und

begann, Spaß an dem Spiel zu finden, ließ sich, den Käfer zwischen den Pfoten, auf den Bauch nieder und setzte seine Experimente fort, verlor schließlich die Lust und wurde gleichgültig und zerstreut. Er ließ den Kopf sinken, allmählich senkte sich sein Kiefer und berührte den Feind, der danach schnappte. Der Pudel jaulte auf und warf den Kopf zurück, der Käfer fiel ein paar Meter entfernt zu Boden und landete wieder auf dem Rücken. Die ringsum sitzenden Zuschauer schüttelten sich innerlich vor Lachen, etliche Gesichter versteckten sich hinter Fächern und Taschentüchern, und Tom war beglückt. Der Hund machte ein dummes Gesicht und fühlte sich vermutlich auch so, aber gleichzeitig nagte die Niederlage an ihm, und er sann auf Rache. Also näherte er sich dem Käfer wieder und begann seine vorsichtige Attacke von neuem, sprang ihn von allen Seiten an, seine Vorderpfoten landeten nur zentimeterweit von der Kreatur entfernt, er schnappte wieder mit den Zähnen nach ihm und schüttelte den Kopf, dass die Ohren flogen. Aber schließlich verlor er erneut die Lust, versuchte, sich mit einer Fliege zu amüsieren, ließ aber bald davon ab, folgte, die Nase dicht am Boden, einer Ameise und verlor auch daran bald das Interesse, gähnte, seufzte, vergaß den Käfer völlig und setzte sich auf ihn. Unmittelbar darauf ertönte ein wildes Schmerzensgeheul, und der Pudel raste immerfort jaulend wie besessen den Gang hinunter, schoss am Altar vorbei, jagte den anderen Gang hinunter, an den beiden Eingangstüren vorbei und zu seinem Ausgangspunkt zurück. Je länger er lief, desto größer wurde seine panische Angst, bis er schließlich wie ein wuscheliger Komet seine Kreise zog. Zu guter Letzt verließ der verzweifelt Leidende seine Bahn und sprang seinem Herrn auf den Schoß. Der schleuderte ihn aus dem Fenster, und das klägliche Jaulen wurde schnell schwächer und verlor sich in der Ferne.

Inzwischen saß die gesamte Gemeinde mit hochroten Gesichtern da und konnte sich das Lachen kaum verbeißen, während die Predigt abrupt zum Stillstand gekommen war. Schließlich wurde sie wieder aufgenommen, kam aber nur lahm und schleppend in Gang, ihre Wirkung war ein für alle Mal verpufft; denn selbst die erhabensten religiösen Gedanken lösten immer wieder erstickte gottlose Heiterkeitsausbrüche in den hinteren Reihen aus, als hätte der arme Pastor etwas besonders Komisches gesagt. Die ganze Gemeinde war ehrlich erleichtert, als die Qual ein Ende hatte und der Segen gesprochen wurde.

Tom Sawyer ging frohgemut nach Hause und dachte bei sich, dass gegen solche Predigten, wenn sie ein bisschen Abwechslung boten, eigentlich nichts einzuwenden war. Nur eins wurmte ihn: Er hatte nichts dagegen, dass der Hund mit seinem Kneifer spielte, aber es gehörte sich nicht, ihn mitgehen zu lassen.

»Die edelste Schöpfung Gottes?« Der Mensch.
»Wer ist darauf gekommen?« Der Mensch.

Leseranfrage

[Antwort an eine junge Mutter]

Und Sie glauben also, alle Babys seien »ein Ausbund an Schönheit und eine ewige Freude«? Eine sympathische Vorstellung, aber keineswegs originell.

Jede Kuh denkt dasselbe von ihrem Kalb. Vielleicht kann die Kuh sich nicht so elegant ausdrücken, aber sie denkt es trotzdem. Ich ehre die Kuh dafür. Wir alle ehren diesen rührenden mütterlichen Instinkt, ob wir ihm nun in Luxusvilla oder in bescheidenem Kuhstall begegnen. Andererseits, gnädige Frau, komme ich bei genauerer Prüfung nicht umhin festzustellen, dass Ihre Annahme nicht in allen Fällen zutrifft. Ein verschmutztes Baby mit einer »Schnottennase« kann nicht ernsthaft als »ein Ausbund an Schönheit« betrachtet werden, und da die Babyzeit nur drei kurze Jahre dauert, kann kein Baby »eine ewige Freude« sein. Es schmerzt mich, zwei Drittel Ihrer reizenden Gefühle in einem einzigen Satz zu widerlegen, aber der Posten, den ich hier innehabe, gestattet mir nicht, Ihnen zu erlauben, dass Sie die Öffentlichkeit mit Ihren oberflächlich einleuchtenden Redensarten irreführen und betrügen. Ich kenne in dieser Stadt ein weibliches Baby von achtzehn Monaten, das nicht einmal vierundzwanzig Stunden lang als »Freude« gelten kann, geschweige denn »ewig«. Und es besitzt einige der ausgefallensten Charaktereigenschaften und Essgewohnheiten, die mir je zu Ohren gekommen sind. [...]

Das Baby begann mit dem Konsum eines Dutzends großer, blauer Pillen, einschließlich ihrer Schachtel, fiel dann eine Treppe hinunter und erhob sich mit einer blauvioletten Beule an der Stirn, worauf es sich nach weiteren Erfrischungen und Vergnügungen umsah. Es fand ein in Messing gefasstes Glas, zerschmetterte es und verschluckte erst das Glas und dann das Messing. Dann trank es ungefähr zwanzig Tropfen Opiumtinktur und mehr als ein Dutzend Esslöffel Kampferessenz. Es hätte noch mehr Opium zu sich genommen, aber es war nichts mehr da. Danach legte es sich auf den Rücken und stieß sich zwölf oder dreizehn Zentimeter eines Spazierstocks mit Silbergriff in den Schlund, wo dieser steckenblieb, und es gelang seiner Mutter nur mit Müh und Not, ihn herauszuziehen, ohne dass das Kind teilweise mitkam. Da es immer noch Appetit auf Glas hatte, zerbrach es etliche Weingläser und fiel über die Splitter her, ohne sich aus den Schnittwunden etwas zu machen. Dann aß es eine erhebliche Menge Butter, Pfeffer, Salz und kalifornische Streichhölzer, wobei es bei jedem Bissen einen Löffel Butter, einen Löffel Pfeffer, einen Löffel Salz und drei oder vier Streichhölzer zu sich nahm. (Ich möchte hier anmerken, dass dieser »Ausbund von Schönheit« die kalifornischen Streichhölzer den deutschen, die es keineswegs verachtet und von denen es nicht genug kriegen kann, vorzieht, was ich als durchaus gewichtiges Kompliment für unsere heimische Industrie betrachte, da es von jemandem kommt, der für Schmeicheleien zu jung ist.) Dann wusch das Baby sich den Kopf mit Seife und Wasser, aß danach den Rest der Seife und trank so viel Seifenwasser, wie es verkraften konnte. Danach zog es die Kuh im Stall vertraulich am Schwanz und wurde durch die Luft geschleudert. Hin und wieder, wenn diese »ewige Freude« nichts Besseres zu tun hatte, kletterte es auf Stühle und Tische, fiel unweigerlich herunter und verletzte sich erheblich. Trotz seines zarten Alters kann das Baby schon eine ganze Anzahl Wörter einigermaßen verständlich sagen, und da es auch in dieser Hinsicht unumwunden und schnörkellos an die Sache herangeht, eröffnet es das Gespräch mit allen Fremden, gleich ob männlich oder weiblich, mit der Formel »Wie deht, Jim?« Da ich mit Kinderart nicht vertraut bin, habe ich möglicherweise Dinge übertrieben, die anderen, die täglich mit Kindern umgehen, keineswegs erstaunlich erscheinen. Aber das glaube ich nicht, und daher wiederhole ich, dass mein Bericht von den Aktivitäten dieses Babys wortgetreu der Wahrheit entspricht; und falls es Zweifel daran gibt, kann ich das Kind auch vorführen. […] Aber ich bin vom Thema abgekommen und will daher nur meine Überzeugung wiederholen, dass nicht *alle* Babys »ein Ausbund an Schönheit und eine ewige Freude« sind.

VIII

Ohne Samthandschuhe und Smoking

Kommunismus ist Blödsinn. Das Privateigentum soll verteilt werden. Angenommen, es gelingt – es gehört aber ebenso viel Verstand dazu, Geld zu behalten, wie es zu verdienen. Binnen kürzester Zeit wäre es wieder in den Händen der früheren Besitzer, und der Kommunist wäre wieder arm. Wenn die Verteilung nicht alle drei Jahre erneut stattfände, würde sie dem Kommunisten gar nichts nützen.

Wohlstand ist meist schwer zu ertragen – der anderer Leute, meine ich.

Journalismus in Tennessee

Der Arzt empfahl mir das südliche Klima für meine Gesundheit, und so ging ich nach Tennessee und erhielt einen Posten als stellvertretender Redakteur bei der Zeitung *Morgensonne und Kriegsschrei des Südens.* Als ich zum Dienst erschien, saß der Chefredakteur, bequem zurückgelehnt und die Füße auf einem Holztisch, auf einem Stuhl mit nur drei Beinen. Es standen in dem Zimmer noch ein Holztisch und noch ein lädierter Stuhl, und beide waren unter einem Berg von Zeitungen, Ausschnitten und Manuskriptblättern begraben. Ansonsten gab es noch einen mit Sand gefüllten Aschenbecher voller Zigarrenstummel und Zigarettenkippen und einen Ofen, dessen Tür lediglich an der oberen Angel hing. Der Chefredakteur trug einen schwarzen Gehrock und eine weiße Leinenhose. Seine Stiefel waren kurz und gut geputzt. Er trug ein Rüschenhemd, einen großen Siegelring, einen altmodischen »Vatermörder« und ein kariertes Halstuch, dessen Enden herunterhingen. Datum des Kostüms: etwa 1848. Er rauchte eine Zigarre; und während er nach einem Wort suchte, fuhr er sich durch das Haar und brachte seine Frisur gehörig in Unordnung. Er blickte ausgesprochen finster, und es kam mir vor, als ob er an einem besonders kniffligen Leitartikel herumbastelte. Er bat mich, die eingegangenen Zeitungen durchzusehen und alles Interessante darin zu einem Artikel »Der Geist der Presse in Tennessee« zusammenzufassen.

Ich schrieb folgendes:

DER GEIST DER PRESSE IN TENNESSEE

Die Redakteure der Wochenzeitung *Erdbeben* sind offenbar mit falschen Vorstellungen über die Ballyhack-Eisenbahn geschlagen. Es ist nicht die Absicht des Unternehmens, die Gleise an Buzzardville vorbeizuführen. Im Gegenteil, sie halten den

Ort für einen der wichtigsten an der Strecke. Es liegt daher nicht in ihrem Interesse, ihn zu übergehen. Die Herren des *Erdbebens* werden es sich zur Ehre gereichen lassen, ihren Fehler zu korrigieren.

Herr John W. Blossom, der verdienstvolle Redakteur von Higginsvilles *Donnerschlag und Friedensruf*, ist gestern in der Stadt angekommen und bei der Familie Van Buren abgestiegen.

Wir stellen fest, dass unser Kollege vom *Morgenappell von Mud Springs* irrtümlich annimmt, dass die Wahl Van Werthers nicht endgültig ist. Aber er wird seinen Fehler zweifellos bemerkt haben, bevor ihn diese Korrektur erreicht. Die unvollständigen Wahlergebnisse haben ihn offenbar in die Irre geführt.

Wir berichten mit Genugtuung, dass die Stadt Blathersville eine New Yorker Firma beauftragt hat, ihre völlig unpassierbaren Straßen zu pflastern. Das tägliche *Hurra* vertritt die Sache mit Geschick und Zuversicht.

Ich übergab mein Manuskript dem Chefredakteur zur Beurteilung, zum Ändern oder zum Wegwerfen. Er warf einen Blick darauf und runzelte die Stirn. Er überflog die Seite, und sein Gesicht legte sich in Zornesfalten. Es war nicht schwer zu sehen, dass ihm irgendetwas nicht gefiel. Schließlich sprang er auf und sagte:

Ankündigung einer Lesung von Mark Twain

»Himmeldonnerwetter! Glauben Sie im Ernst, dass ich mit diesem Vieh so rede? Glauben Sie im Ernst, dass meine Abonnenten sich mit solchem Haferschleim abspeisen lassen? Geben Sie mir den Stift!«

Nie in meinem Leben habe ich einen Stift so in einem Text herumkritzeln und -krakeln und so gnadenlos in den Verben und Adjektiven eines anderen herumfuhrwerken sehen. Während er damit beschäftigt war, schoss jemand durch das offene Fenster auf ihn und zerstörte die Symmetrie meiner Ohren.

»Ah«, sagte er, »das war der Schurke Smith vom *Moralischen Vulkan* – der war gestern fällig.« Und er zog einen Marine-Revolver aus dem Gürtel und feuerte. Smith fiel, in den Schenkel getroffen, zu Boden. Der Schuss lenkte Smiths Kugel ab und verkrüppelte einen Unbeteiligten – nämlich mich. Aber ich verlor nur einen Finger.

Dann fuhr der Chefredakteur seelenruhig mit seinen Streichungen und Korrekturen fort. Als er gerade fertig war, flog eine Handgranate durch den Schornstein, und die Explosion zersplitterte den Kamin in tausend Stücke. Darüber hinaus richtete sie allerdings keinen Schaden an – außer dass ein herumfliegendes Stück mir zwei Zähne ausschlug.

»Der Kamin ist hin«, sagte der Chefredakteur.

Ich stimmte ihm zu.

»Na, es ist nicht schade drum, bei diesem Wetter

braucht man ihn sowieso nicht. Ich kenne den Täter. Den krieg ich schon. Also, *so* muss es klingen.«

Ich nahm das Manuskript. Es war von Streichungen und Korrekturen so entstellt, dass seine eigene Mutter es nicht wiedererkannt hätte:

DER GEIST DER PRESSE IN TENNESSEE

Die unverbesserlichen Lügenbolde der Wochenzeitung *Erdbeben* haben offenbar die Absicht, der ehren- und schätzenswerten Bevölkerung auf ihre menschenverachtende Art wieder einmal einen Bären aufzubinden, diesmal über eines der glorreichsten Unternehmen des 19. Jahrhunderts, nämlich die Ballyhack-Eisenbahn. Die Idee, dass die Bahnlinie an Buzzardville vorbeiführen sollte, ist in ihrem eigenen Puddinghirn entstanden – oder vielmehr in dem Hohlkörper, den sie für ihr Gehirn halten. Es ist in ihrem eigenen Interesse, diese Lüge zurückzunehmen, wenn sie ihre jämmerliche Eselshaut vor einer wohlverdienten Tracht Prügel bewahren wollen.

Blommons, dieser Esel von Higginsvilles *Donnerschlag und Friedensruf*, ist schon wieder hier und schmarotzt sich bei den Van Burens durch.

Wir stellen fest, dass der versoffene Lumpenhund vom *Mud Springs Morgenappell* mit seiner gewohnten Neigung zum Lügen verbreitet, Van Werther sei nicht gewählt worden. Die göttlich inspirierte Mission des Journalismus ist es, die Wahrheit zu verkünden, den Irrtum auszurotten, das Niveau des öffentlichen Anstands und der öffentlichen Moral zu verbessern, zu heben, zu reinigen und alle Menschen umgänglicher, tugendhafter und wohltätiger zu machen und in jeder Hinsicht besser, frömmer und glücklicher; und trotzdem zieht dieser durch und durch verdorbene Schurke seine hehre Zunft ständig dadurch in den Dreck, dass er Lügen, Verleumdungen, Gift und Vulgarität verbreitet.

Blathersville soll Straßenpflasterung brauchen? Eher braucht es ein Gefängnis und ein Armenhaus. Die bloße Vorstellung von Straßenpflaster in einer Stadt mit einem Pferd, zwei Schnapsfabriken, einer Schmiede und diesem Schmierenblatt, dem *Hurra*! Bruckner, diese Küchenschabe, die den *Hurra* redigiert, macht mit gewohntem Schwachsinn sein lautes Trara und bildet sich ein, bei Verstand zu sein.

»Also, so wird hier geschrieben, mit Pfeffer und zur Sache. Wenn ich Milch-und-Honig-Journalismus sehe, packt mich das Grauen.«

Ungefähr zu diesem Zeitpunkt flog unter heftigem Splittern ein Ziegelstein durchs Fenster und gab mir einen gehörigen Stoß in den Rücken. Ich trat bescheiden beiseite, denn ich kam mir allmählich immer überflüssiger vor.

Der Chef sagte: »Das war höchstwahrscheinlich der Oberst. Ich erwarte ihn schon seit zwei Tagen. Er wird gleich hier sein.«

Er behielt recht. Einen Augenblick später erschien der Oberst in der Tür mit einem Armeerevolver in der Hand.

Er sagte: »Mein Herr, habe ich die Ehre, mit der Memme zu sprechen, die dieses Schandblatt redigiert?«

»Durchaus. Nehmen Sie Platz, mein Herr. Vorsicht mit dem Stuhl, ihm fehlt ein Bein. Ich habe wohl die Ehre, mit Hauptmann Blatherskite Tecumseh, dem widerwärtigen Lügner, zu sprechen?«

»Richtig, mein Herr. Ich habe eine Rechnung mit Ihnen zu begleichen. Wenn Sie etwas Zeit haben, fangen wir an.«

»Ich muss einen Artikel über den ›ermutigenden Fortschritt der moralischen und geistigen Entwicklung in Amerika‹ beenden. Aber das hat keine Eile. Schießen Sie los.«

Beide Pistolen wurden zur selben Zeit mit lautem Krach gefeuert. Der Chef verlor eine Haarsträhne, und die Kugel des Obersten endete im Fleisch meines Oberschenkels. Die linke Schulter des Obersten war leicht angeschossen. Sie feuerten erneut. Beide verfehlten diesmal ihren Gegner, aber ich bekam meinen Teil, einen Schuss in den Arm. Bei der dritten Runde wurden beide Herren leicht verletzt, und ich erhielt eine unbedeutende Wunde am Knöchel. Daraufhin verkündete ich, ich wolle einen kleinen Spaziergang machen, da es sich hier um eine Privatangelegenheit handle und es mir unangenehm sei, mich weiterhin in sie einzumischen. Aber beide Herren baten mich zu bleiben und versicherten mir, ich sei durchaus nicht im Weg.

Während sie wieder ihre Pistolen luden, sprachen sie über die Wahlen und die Ernte, und ich war damit beschäftigt, meine Wunden zu verbinden. Aber unvermittelt eröffneten sie mit erneuter Leidenschaft das lebhafte Feuer, und jeder Schuss saß. Allerdings muss um der Wahrheit willen gesagt werden, dass fünf der sechs Schüsse mich trafen. Der sechste traf den Obersten tödlich, der mit einem Anflug von Humor bemerkte, er müsse sich nun verabschieden, da er geschäftlich mit einer höheren Instanz zu tun habe. Dann bat er um die Adresse des Beerdigungsunternehmens und ging seiner Wege.

Der Chef wandte sich zu mir und sagte: »Ich erwarte Gesellschaft zum Essen und muss mich fertig machen. Ich wäre Ihnen dankbar, wenn Sie Korrektur lesen und sich um die Kunden kümmern könnten.«

Bei dem Gedanken, mich um die Kunden zu kümmern, war mir etwas unbehaglich, aber ich war durch das Feuergefecht, das mir noch in den Ohren klang, zu verwirrt, als dass mir eine Ausrede eingefallen wäre.

Er fuhr fort: »Jones wird um drei hier sein – peitschen Sie ihn aus. Gillespie kommt vielleicht schon früher – werfen Sie ihn aus dem Fenster. Ferguson wird ungefähr um vier auftauchen – bringen Sie ihn um. Das wäre alles für heute, glaube ich. Wenn Sie zwischendurch ein bisschen Zeit haben, schreiben Sie einen vernichtenden Artikel über die Polizei – machen Sie den Polizeiinspektor fertig. Die Peitschen sind unter dem Tisch, Pistolen in der Schublade, Munition da drüben in der Ecke, Binden und Bandagen sind da oben in den Postfächern. Sollten Sie verletzt werden, gehen Sie die Treppe runter zu Lancet. Er ist Arzt und macht in unserer Zeitung Reklame; das gleicht sich finanziell aus.«

Er verschwand. Ich schauderte. Am Ende der nun folgenden drei Stunden hatte ich so fürchterliche Gefahren überstanden, dass Seelenfriede und innere Heiterkeit mich verlassen hatten. Gillespie war tatsächlich gekommen und hatte *mich* aus dem Fenster geworfen. Jones war pünktlich erschienen, und als ich gerade anfangen wollte, ihn auszupeitschen, nahm er mir die Arbeit ab. Bei der Begegnung mit einem Unbekannten, der gar nicht auf der Gästeliste stand, verlor ich meinen Skalp. Ein anderer Unbekannter namens Thomson verwandelte mich in ein regelrechtes Wrack und ein Bündel Lumpen. Und zu guter Letzt, als ich, in die Ecke gedrängt, einer wilden Schar von wütenden Redakteuren, Erpressern,

Politikern und Desperados, die tobten und fluchten und über meinem Kopf mit ihren Waffen herumfuchtelten, deren Silbergeflimmer die Luft wie von Blitzen erhellte, so weit war, mein Rücktrittsgesuch bei der Zeitung einzureichen, kam der Chef in Gesellschaft einer ganzen Schar von reizenden und begeisterten Freunden zurück. Es folgte nun ein Gemetzel und ein Blutvergießen, das jeder Beschreibung spottete. Leute wurden erschossen, erstochen, zerstückelt, in die Luft gejagt und aus dem Fenster geworfen. Darauf folgte ein Wirbelwind von wüsten Gotteslästerungen, begleitet von einem ekstatischen und wilden Kriegstanz, und dann war alles vorbei. Binnen fünf Minuten herrschte Schweigen, und der blutüberströmte Chef und ich blieben allein zurück und überblickten das mörderische Schlachtfeld, das uns umgab.

Er sagte: »Wenn Sie sich erst eingewöhnt haben, wird es Ihnen hier schon gefallen.«

Ich sagte: »Ich muss Sie bitten, mich zu entschuldigen. Vielleicht fänden meine Artikel nach einiger Zeit Ihre Zustimmung. Mit ein bisschen Erfahrung und Training ließe sich das wahrscheinlich erreichen. Aber aufrichtig gesagt, diese leidenschaftliche Ausdrucksweise hat ihre Nachteile, und man muss immer mit Unterbrechungen rechnen. Das wissen Sie selbst. Engagierter Journalismus zielt zweifellos darauf ab, das Niveau der Leserschaft zu heben, aber andererseits liegt mir nichts an der Aufmerksamkeit, die er hervorruft. Ich kann mich auf meine Artikel nicht konzentrieren, wenn ich so oft unterbrochen werde wie heute. Mir gefällt die Stellung durchaus, aber dem Umgang mit den Kunden bin ich nicht gewachsen. Zugegeben, die Eindrücke sind neu und auf ihre Art durchaus unterhaltsam, aber es fehlt ihnen die Ausgewogenheit. Ein Herr schießt durch das Fenster auf *Sie* und macht mich zum Krüppel; eine Bombe kommt zu *Ihrer* Belustigung durch den Schornstein, und *mir* fliegt die Ofentür um die Ohren; ein Freund erscheint, um mit *Ihnen* Komplimente zu tauschen, und durchlöchert *meine* Haut so, dass mir die Grundsätze davonfließen; Sie gehen zum Essen, und Jones kommt mit seiner Peitsche. Gillespie wirft mich aus dem Fenster, Thomson zerrt mir die Kleider vom Leibe, und ein völlig Unbekannter zieht mir mit der Zwanglosigkeit eines alten Freundes den Skalp ab; und in weniger als fünf Minuten versammeln sich alle Schurken des Landes in voller Kriegsbemalung und erschrecken das, was von mir übrig ist, mit ihren Tomahawks zu Tode. Alles in allem habe ich noch nie in meinem Leben etwas so Aufregendes erlebt wie heute. Nein, Sie gefallen mir, und mir gefällt auch die gelassene und ungerührte Art, wie Sie mit Ihren Kunden umgehen, aber, ehrlich gesagt, das liegt mir nicht. Das südliche Temperament ist mir zu impulsiv, die südliche Gastfreundschaft für den

Fremden zu überwältigend. Die Artikel, die ich heute geschrieben habe und deren leidenschaftslosen Sätzen Ihre meisterliche Hand den feurigen Geist von Tennessees Journalismus eingehaucht hat, wird ein neues Wespennest aufscheuchen. Der ganze Verein von Redakteuren wird kommen, und sie werden hungrig kommen und jemanden zum Frühstück verspeisen wollen. Ich muss mich von Ihnen verabschieden. Ich lehne es ab, bei Ihren Festlichkeiten zugegen zu sein. Ich bin um meiner Gesundheit willen nach Süden gekommen, ich kehre aus demselben Grund nach Norden zurück, und zwar auf der Stelle. Der Journalismus in Tennessee regt mich zu sehr auf.«

Daraufhin schieden wir mit wechselseitigem Bedauern voneinander, und ich bezog mein Bett im Krankenhaus.

Das Menschengeschlecht besteht aus denen, die verdammt sind, und denen, die verdammt sein müssten.

Nichts ist reformbedürftiger als die Gewohnheiten anderer.

An dieser Stelle möchte ich ein Kapitel über ein notwendiges Übel einfügen: die europäischen Fremdenführer. Schon mancher hat heimlich gewünscht, nicht auf sie angewiesen zu sein, sich aber, da ihm das nicht möglich ist, auf den Wunsch beschränkt, als Ausgleich für das Ärgernis ihrer Gesellschaft wenigstens einigen Spaß mit ihnen zu haben. Dabei waren wir erfolgreich; und damit andere aus unserer Erfahrung Nutzen ziehen können, sei sie hier mitgeteilt.

Fremdenführer können gerade genug Englisch, um alles durcheinanderzubringen, so dass kein Mensch daraus klug werden kann. Sie kennen ihre Geschichte auswendig – die Geschichte jeder Statue, jedes Bildes, jeder Kathedrale und jedes anderen Wunders, das sie einem zeigen. Sie kennen sie, und sie geben sie wie Papageien wieder; und wenn man sie unterbricht und aus der Fassung bringt, dann müssen sie wieder von vorne anfangen. Sie haben ihr Leben damit verbracht, Touristen aufregende Dinge zu zeigen und sich ihre Ausrufe der Bewunderung anzuhören. Es gehört zur menschlichen Natur, sich über die in anderen geweckte Begeisterung zu freuen. Deshalb sagen Kinder »altkluge« Dinge, begehen absurde Handlungen oder spielen sich auf andere Weise auf, wenn sie ein Publikum haben. Deshalb scheuen Klatschsüchtige weder Regen noch Sturm, um als erste eine sensationelle Neuigkeit weitertragen zu können. Man kann sich leicht vorstellen, welche Leidenschaft ein Fremdenführer entwickelt, der das Privileg hat, Touristen jeden Tag Wunder zu zeigen, die diese zu Bewunderungsstürmen hinreißen. Es kommt so weit, dass er in einer nüchterneren Atmosphäre gar nicht mehr leben kann. Als wir dies entdeckt hatten, ließen wir uns nie mehr hinreißen, wir bewunderten nichts mehr, wir machten nur noch ungerührte Gesichter und zeigten uns vor den erhabensten Kunstwerken, die der Führer uns zu bieten hatte, völlig gleichgültig. Wir hatten seine Schwäche entdeckt und haben seitdem großen Nutzen daraus gezogen. Wir haben einige Führer geradezu zur Raserei gebracht, aber wir haben unseren Gleichmut nie verloren.

Meist stellt der Doktor die Fragen, da es ihm leichter als allen anderen fällt, ernst zu bleiben, wie ein inspirierter Idiot auszusehen und seiner Stimme einen kindischen Ton zu geben. Er braucht sich dabei nicht zu verstellen.

Die Fremdenführer in Genua sind immer froh, eine amerikanische Touristengruppe zu erwischen, weil Amerikaner so viel staunen und über alles, was mit Kolumbus zusammenhängt, so gefühlvoll und sentimental werden. Unser Führer hampelte herum, als hätte er eine ganze Matratze mit Sprungfedern verschluckt. Er war voller Lebhaftigkeit, voller Ungeduld. Er sagte:

»Kommen Sie mit, Jäntelmän! Ich zeige Ihnen die Handschreibung von Christopher Colombo! Schreibt es selbst, schreibt es mit eigene Hand! Kommen Sie!«

Er führte uns zum Rathaus. Nach viel eindrucksvollem Fummeln mit Schlüsseln und Öffnen und

Schließen von Türen wurde das fleckige und vergilbte Dokument vor uns ausgebreitet. Die Augen des Fremdenführers leuchteten. Er tanzte vor uns auf und ab und tippte mit dem Finger auf das Stück Pergament.

»Was ich sage, Jäntelmän! Ist es nicht so? Sehen Sie! Handschreibung von Christopher Colombo! Schreibt es selbst!«

Wir blieben ungerührt. Während einer peinlichen Pause unterzog der Doktor das Dokument einer sorgfältigen Prüfung. Dann sagte er völlig uninteressiert:

»Hören Sie, Ferguson, wie hieß der Mann, der dies geschrieben hat?«

»Christopher Colombo! Der große Christopher Colombo!«

Eine weitere sorgfältige Prüfung.

»Hören Sie, hat er das selbst geschrieben oder … oder wie?«

»Er schreibt es selbst! Christopher Colombo! Seine eigene Handschreibung, schreibt es selbst!«

Darauf legte der Doktor das Dokument wieder hin und sagte:

»Wieso, ich habe in Amerika Jungs von vierzehn Jahren gesehen, die besser schreiben konnten.«

»Aber dies ist der große Christo…«

»Es ist mir völlig egal, wer es ist! Es ist die schlechteste Handschrift, die ich je gesehen habe. Sie müssen nicht glauben, dass Sie uns anführen können, weil wir Touristen sind. Wir sind nicht so dumm, durchaus nicht. Wenn Sie irgendwelche überzeugenden Beispiele von Schönschrift haben, her damit! Und wenn nicht, dann gehen wir weiter!«

Wir gingen weiter. Der Fremdenführer war einigermaßen erschüttert, aber er machte einen weiteren Versuch. Er hatte etwas in petto, womit er uns zu beeindrucken hoffte. Er sagte:

»Ah, Jäntelmän, kommen Sie mit! Ich zeige Ihnen schöne, ah, großartige Büste von Christopher Colombo. Hervorragend, glänzend, großartig!«

Er führte uns vor die schöne Büste – denn sie war wirklich schön – und sprang zurück und stellte sich in Positur:

»Ah, sehen Sie, Jäntelmän! Schön, hinreißend – Büste von Christopher Colombo! Schöne Büste, schöner Sockel!«

Der Doktor setzte sein Monokel ein, das er immer für solche Situationen bereithielt.

»Ah, wie sagten Sie, hieß dieser Herr?«

»Christopher Colombo! Der große Christopher Colombo!«

»Christopher Colombo, der große Christopher Colombo – schön und gut, aber was hat er *gemacht*?«

»Entdeckt Amerika! Entdeckt Amerika, zum Teufel!«

»Entdeckt Amerika. Nein, das glauben Sie doch selber nicht. Wir sind doch selbst aus Amerika. Wir haben nichts davon gehört. Christopher Colombo, hübscher Name, ist er … ist er tot?«

»O, corpo di Baccho! Dreihundert Jahre!«

»Woran ist er gestorben?«

»Weiß es nicht. Kann es nicht sagen.«

»Pocken womöglich?«

»Weiß es nicht, Jäntelmän! Weiß nicht, wo er sterbt dran!«

»Masern vielleicht?«

»Vielleicht, vielleicht, weiß es nicht. Er sterbt an irgendwas.«

»Leben seine Eltern noch?«

»Unmöööglich!«

»Ah, was ist die Büste und was ist der Sockel?«

»Santa Maria! Dies ist Büste, dies ist Sockel.«

»Ah, ich verstehe, eine glückliche Kombination, wirklich eine sehr glückliche Kombination. Ist dies das erste Mal, dass der Herr Colombo eine Büste hat?«

Dieser Witz war an den Ausländer verschwendet. Fremdenführer sind den Feinheiten des amerikanischen Witzes nie gewachsen.

Schade, dass es keine Bäder gibt, die schlechtes Benehmen heilen. Ertränken würde helfen.

Seine Dummheit bedeckte die gesamte Erde wie eine Decke, in der es kaum Löcher gab.

IX

Warnung vor Experimenten

In der Palme [...] ahmt die Natur einen Regenschirm nach, der herausfinden wollte, was ein Wirbelsturm ist, und sich nun bemüht, nicht enttäuscht auszusehen.

Tue deine Pflicht heute – und bereue es morgen.

Meine Schulzeit begann, als ich viereinhalb Jahre alt war. Es gab damals keine Staatsschulen in Missouri, sondern nur zwei Privatschulen – fünfundzwanzig Cent pro Schüler pro Woche, sofern es sich eintreiben ließ. Mrs. Horr unterrichtete die Kinder in einem kleinen Blockhaus am südlichen Ende der Hauptstraße. Mr. Sam Cross unterrichtete die Halbwüchsigen in einem Holzhaus auf dem Hügel. Ich kam zu Mrs. Horrs Schule, und auch nach 65 Jahren und mehr erinnere ich mich in aller Klarheit an den ersten Schultag in dem kleinen Blockhaus. Vor allem erinnere ich mich an eine bestimmte Episode. Ich verstieß gegen eine der Regeln und wurde ermahnt, es nicht wieder zu tun, und gewarnt, dass ich im Wiederholungsfall eine Tracht Prügel bekommen würde. Als sich der Vorfall wiederholte, befahl mir Mrs. Horr, nach draußen zu gehen, eine Rute zu suchen und sie mitzubringen. Ich war froh, dass sie *mich* damit beauftragte, denn ich war überzeugt, dass niemand eine dem Zweck angemessene Rute mit so viel Sachverstand aussuchen konnte wie ich.

Draußen fand ich denn auch eine altmodische Fassdaube aus Eiche, fünf Zentimeter breit, einen Zentimeter dick und an einem Ende leicht gebogen. Es lagen auch schöne, neue, ganz ähnliche Dauben herum, aber ich nahm diese, obwohl sie morsch war. Ich trug sie in die Klasse, überreichte sie Mrs. Horr und blieb in kleinmütiger, ergebener Haltung, die ihre Nachsicht und Milde wecken sollte, vor ihr stehen, aber ich hatte mich verrechnet. Sie musterte erst mich und dann die Daube mit einem langen, missbilligenden Blick. Dann nannte sie mich bei meinem vollen Namen, Samuel Langhorne Clemens – vermutlich das erste Mal, dass alle drei in einer einzigen Prozession vor mir aufmarschierten –, und sagte, sie schäme sich für mich. Später begriff ich, dass ein Junge, wenn ein Lehrer ihn bei seinem vollen Namen aufruft, sich auf etwas gefasst machen kann. Sie sagte, sie würde einen Jungen beauftragen, der bei der Auswahl von Ruten mehr Sachverstand verrate als ich, und es betrübt mich noch heute, wenn ich daran denke, wie viele Gesichter in der Hoffnung aufleuchteten, den Auftrag zu erhalten.

Jim Dunlap war der Glückliche; und als er mit der Rute seiner Wahl zurückkam, begriff ich: Er war ein Experte.

Gespräch mit einem Interviewer

Der ungeduldige, flott gekleidete, aufdringliche junge Mann nahm den Stuhl, den ich ihm anbot, sagte, er komme vom *Täglichen Donnerwetter* und fügte hinzu:

»Ich hoffe, ich komme nicht ungelegen, aber ich wollte Sie interviewen.«

»Sie wollen was?«

»Sie *interviewen.*«

»Ah! Ich verstehe. Ja ... ja. Mhm! Ja ... ja.«

Ich fühlte mich nicht besonders wohl an dem Morgen. Ich war nicht ganz auf der Höhe, trat aber trotzdem ans Bücherregal, und als ich sechs oder sieben Minuten geblättert hatte, sah ich mich doch genötigt, den jungen Mann um Auskunft zu bitten. Ich sagte:

»Wie buchstabieren Sie das?«

»Was?«

»Interview.«

»Ach, du liebe Güte! Wozu wollen Sie es denn buchstabieren?«

»Ich will es nicht buchstabieren. Ich will nachsehen, was es bedeutet.«

»Also, ich muss schon sagen, Sie verblüffen mich. *Ich* kann Ihnen doch sagen, was es bedeutet, wenn Sie … wenn Sie …«

»Ah, schön! Das ist mir recht. Verbindlichsten Dank.«

»In … *in*, ter … *ter*, *inter* …«

»Man schreibt es also mit ›I‹?«

»Wieso … natürlich!«

»Ach, deshalb hab ich so lange gebraucht.«

»Aber mein guter Mann, wie wollten *Sie* es denn schreiben?«

»Tja … ich … ich weiß auch nicht. Ich hatte das illustrierte Lexikon in der Hand und habe am Ende geblättert … in der Hoffnung, unter den Bildern darauf zu stoßen. Aber es ist eine sehr alte Ausgabe.«

»Aber mein lieber Freund, Sie würden auch in der allerneuesten Ausgabe kein Bild davon f… Bester Mann, ich bitte um Entschuldigung, ich möchte Ihnen nicht zu nahe treten, aber Sie sehen nicht so … so … intelligent aus, wie ich erwartet hatte. Ich möchte Ihnen aber nicht zu nahe treten.«

»Ach, keine Ursache! Es haben schon viele gesagt, dass ich mich dadurch auszeichne, und zwar Leute, die mir nicht schmeicheln wollten und nicht den geringsten Anlass haben konnten, mir zu schmeicheln. Oh ja, sie sind davon ganz hingerissen.«

»Das will ich gerne glauben. Aber zurück zu unserem Interview. Sie wissen, es ist jetzt gang und gäbe, jeden zu interviewen, der irgendwie von sich reden macht.«

»So? Davon hatte ich noch nichts gehört. Das muss ja sehr interessant sein. Womit machen Sie es denn?«

»Oje, oje, oje, das klingt nicht sehr vielversprechend. In manchen Fällen sollte es mit einem Knüppel gemacht werden. Aber gewöhnlich spielt es sich so ab, dass der Interviewer Fragen stellt und der Interviewte sie beantwortet. Es ist der letzte Schrei. Erlauben Sie, dass ich Ihnen ein paar Fragen stelle, die auf die Höhepunkte Ihrer öffentlichen und privaten Lebensgeschichte einiges Licht werfen?«

»Oh, mit Vergnügen … mit Vergnügen. Ich habe ein sehr schlechtes Gedächtnis, aber ich hoffe, das stört Sie nicht. Das heißt, es ist ein unzuverlässiges Gedächtnis … ausnehmend unzuverlässig. Mal geht es im Galopp, und mal braucht es vierzehn Tage, um einen bestimmten Punkt zu erreichen. Das bereitet mir großen Kummer.«

»Ach, das spielt keine Rolle; versuchen Sie Ihr Bestes.«

»Das werde ich. Ich werde mir die größte Mühe geben.«

»Danke. Kann's losgehen?«

»Schießen Sie los.«

F. Wie alt sind Sie?

A. Neunzehn im Juni.

F. Tatsächlich. Ich hätte Sie für fünf- oder sechsunddreißig gehalten. Wo sind Sie geboren?

A. In Missouri.

F. Wann haben Sie angefangen zu schreiben?

A. 1836.

F. Wie kann denn das sein, wenn Sie erst neunzehn sind?

A. Ich weiß nicht. Es kommt mir auch merkwürdig vor.

F. In der Tat. Wen halten Sie für den bedeutendsten Mann, dem Sie je begegnet sind?

A. Aaron Burr.

F. Aber Sie können Aaron Burr doch gar nicht begegnet sein, wenn Sie erst neunzehn sind.

A. Also, wenn Sie besser über mich Bescheid wissen als ich, warum fragen Sie mich dann?

F. Es war ja nur eine Frage, sonst nichts. Wo sind Sie Burr begegnet?

A. Tja, ich war auf seiner Beerdigung, und er bat mich, weniger Krach zu machen und …

F. Du lieber Himmel! Wenn Sie auf seiner Beerdigung waren, muss er doch tot gewesen sein. Und wenn er tot war, konnte es ihm doch egal sein, ob Sie Krach machen oder nicht?

A. Ich weiß auch nicht. Er war in dieser Hinsicht immer ein bisschen sonderbar.

F. Trotzdem, das geht über meinen Verstand. Sie sagen, er hat mit Ihnen gesprochen, und er war tot.

A. Ich habe nicht gesagt, er war tot.

F. War er denn nicht tot?

A. Na ja, manche sagten ja und manche sagten nein.

F. Und was war Ihre Meinung?

A. Ach, mich ging es ja nichts an! Es war schließlich nicht meine Beerdigung.

F. Haben Sie denn ... Egal, lassen wir die Sache auf sich beruhen. Lassen Sie mich etwas anderes fragen. Wann sind Sie geboren?

A. Montag, den 31. Oktober 1693.

F. Was! Unmöglich! Dann wären Sie ja einhundertundachtzig Jahre alt. Wie erklären Sie sich das?

A. Ich will es gar nicht erklären.

F. Aber Sie haben zu Anfang gesagt, Sie seien erst neunzehn, und nun behaupten Sie, Sie seien einhundertundachtzig. Das ist ein eklatanter Widerspruch.

A. Ah, Sie haben es gleich gemerkt? (Schüttelt ihm die Hand.) Mir ist es gelegentlich auch schon widersprüchlich vorgekommen, aber ich konnte mich irgendwie nicht entscheiden. Wie geistesgegenwärtig Sie sind!

F. Danke für das Kompliment, wenn man es denn so nennen kann. Hatten oder haben Sie Geschwister?

A. Ehm ... ich ... ich ... ich glaube ja, aber ich kann mich nicht erinnern.

F. Also, so etwas Merkwürdiges habe ich noch nie gehört!

A. Wieso? Wie kommen Sie denn darauf?

F. Wie sollte ich denn nicht darauf kommen? Sehen Sie doch her! Wer ist der Mann auf dem Bild hier an der Wand? Ist das nicht einer Ihrer Brüder?

A. Ach, ja, ja, ja! Jetzt, wo Sie mich daran erinnern ... das *war* einer meiner Brüder. Das ist William ... *Bill* haben wir ihn genannt. Der arme Bill!

F. Wieso? Ist er tot?

A. Ach! Tja, ich fürchte. Wir waren nicht sicher. Es war alles sehr rätselhaft.

F. Das ist traurig, sehr traurig. Ist er verschollen?

A. Tja, in gewisser Weise ja. Wir haben ihn begraben.

F. *Begraben*? *Begraben*, ohne zu wissen, ob er tot war?

A. Nein, nein. Das nicht. Er war mausetot.

F. Also, das verstehe, wer will. Wenn Sie ihn begraben haben, und wenn Sie wussten, dass er tot war ...

A. Nein! Nein! Das dachten wir nur.

F. Ach so! Er ist also wieder aufgewacht?

A. Er dachte gar nicht daran.

F. Hat man so etwas je gehört! Jemand ist *tot*. Jemand wird *begraben*. Wo liegt also das Rätsel?

A. Ah, das ist es ... das ist es ja. Das ist es ja gerade. Sehen Sie, wir waren Zwillinge ... der Verstorbene und ich … und wir wurden in der Badewanne verwechselt, als wir erst zwei Wochen alt waren, und einer von uns ertrank. Aber wir wussten nicht, wer. Manche glauben, es war Bill. Manche glauben, ich war es.

F. Das ist allerdings unerhört. Was glauben Sie denn?

A. Weiß der Himmel! Ich gäbe Gott weiß was dafür, es zu wissen. Dieses düstere, dieses fürchterliche Rätsel hat einen Schatten auf mein ganzes Leben geworfen. Aber ich will Ihnen ein Geheimnis verraten, das ich noch keinem menschlichen Wesen anvertraut habe. Einer von uns hatte ein merkwürdiges Zeichen … einen großen Leberfleck auf dem linken Handrücken. Und das war *ich. Das war das Kind, das ertrunken ist.*

F. Na und? Ich begreife nicht, worin das Geheimnis bestehen soll?

A. Sie begreifen es nicht? *Ich* aber. Trotzdem, *ich* begreife nicht, wie man sich so dämlich anstellen konnte, das falsche Kind zu begraben. Aber scht! … Kein Wort davon, damit es der Familie nicht zu Ohren kommt. Sie hat Gott weiß schon genug durchmachen müssen.

F. Gut. Ich glaube, ich habe fürs erste genug Material und bin Ihnen sehr verbunden für die Mühe, die Sie sich gemacht haben. Besonders Ihr Bericht über Aaron Burrs Beerdigung hat mich sehr interessiert. Wären Sie noch so gut, mir zu erzählen, welcher besondere Umstand Sie veranlasst hat, ihn für einen so außerordentlichen Mann zu halten?

A. Ach, das war eine bloße Lappalie! Nicht einem unter fünfzig wäre es überhaupt aufgefallen. Als die Predigt zu Ende war und der Trauerzug sich auf den Weg zum Friedhof machen wollte und die Leiche auf dem Leichenwagen aufgebahrt war, wie es sich gehört, sagte er, er wolle einen letzten Blick auf die Landschaft werfen, und deshalb stand er auf und setzte sich neben den Kutscher.

Daraufhin verabschiedete sich der junge Mann höflich. Wir hatten uns äußerst angeregt unterhalten, und es tat mir leid, dass er ging.

Drei oder vier Stunden. Das ist eine lange Zeit, um auf einem Platz zu sitzen, selbst wenn man völlig unbeobachtet ist, und doch schmettern manche Wagneropern geschlagene sechs Stunden ununterbrochen auf einen ein! Und die Leute sitzen da, genießen es und wünschen, es nähme kein Ende. Eine deutsche Dame in München sagte zu mir, es sei normal, dass einem Wagners Musik zu Anfang nicht gefalle, man müsse dabei einen ganz bewussten Lernprozess durchmachen, erst dann komme man auf seine Kosten. Denn wenn man gelernt habe, seine Musik zu mögen, giere man förmlich danach und könne nie genug davon bekommen. Sie sagte, sechs Stunden

Wagner seien keineswegs zu viel. Sie sagte, dieser Komponist habe die Musik von Grund auf revolutioniert und die alten Meister einen nach dem anderen begraben. Und sie sagte, Wagners Opern unterschieden sich von allen anderen in einer bestimmten Hinsicht, und zwar dadurch, dass sie nicht nur hier und da mit Musik durchsetzt, sondern *ganz* Musik seien, von der ersten bis zur letzten Note. Das überraschte mich. Ich sagte, ich hätte einen seiner Umstürze besucht und so gut wie *keine* Musik darin gefunden, außer den Hochzeitschor. Sie sagte, *Lohengrin* sei lauter als die anderen Wagneropern, aber wenn ich immer wieder hinginge, würde ich allmählich merken, dass die Oper *ganz* Musik sei, und sie schließlich genießen. Ich hätte sagen können: »Aber würden Sie jemandem raten, sich ein paar Jahre lang absichtlich Zahnschmerzen in der Magengrube zuzulegen, nur damit er schließlich Gefallen daran findet?« Aber ich sparte mir diese Bemerkung.

Der Erfinder ist ein komischer Kauz, bis seine Erfindung Erfolg hat.

Ich beschloss, mir ein Pferd zuzulegen. Nie hatte ich außer im Zirkus so wilde, ausgelassene, großartige Reitkünste gesehen, wie sie die malerisch gekleideten

Mexikaner, Kalifornier und mexikanisierten Amerikaner täglich auf den Straßen von Carson vorführten. Wie sie ritten! Leicht im Sattel vorgelehnt, die breite Krempe ihres *sombreros* vom Wind hochgeschlagen, die lange *riata* über dem Kopf schwingend, flogen sie locker und nonchalant wie der Wind durch die Stadt. Nach einer Minute waren sie nur noch eine Staubwolke in der fernen Wüste. Wenn sie im Trab ritten, saßen sie elegant und graziös auf dem Pferd, mit dem sie eins zu sein schienen, schuckelten nicht auf und ab wie alberne Mädchen in einer Reitschule. Ich hatte schnell gelernt, ein Pferd von einer Kuh zu unterscheiden, und brannte darauf, mehr zu lernen. Ich war entschlossen, ein Pferd zu kaufen.

Während ich die Sache noch hin und her überlegte, kam der Auktionator tänzelnd auf einem schwarzen Pferd, das so viele Höcker und Ecken wie ein Dromedar hatte und deshalb entschieden unattraktiv aussah, über die *plaza* daher, aber es wurde – »zum Ersten, zum Zweiten … Pferd, Sattel und Zaumzeug …« – für zweiundzwanzig Dollar versteigert, und ich konnte kaum widerstehen.

Ein Mann, den ich nicht kannte (er stellte sich dann als der Bruder des Auktionators heraus), bemerkte den sehnsüchtigen Blick in meinem Auge und sagte, dass der Preis für ein solches Pferd ungewöhnlich niedrig sei. Er fügte hinzu, der Sattel allein sei das Geld wert. Es war ein spanischer Sattel aus

Lederimitation mit schweren *tapidaros*. Ich sagte, ich spielte mit dem Gedanken mitzubieten. Es kam mir vor, als ob dieser scharfäugige Mensch mich abschätzend musterte, aber ich gab den Verdacht auf, als er sprach, denn er klang so harmlos, offen und ehrlich. Er sagte:

»Ich kenne das Pferd, kenne es gut. Sie sind ein Fremder, nehme ich an, und deshalb halten Sie es womöglich für ein amerikanisches Pferd, aber ich kann Ihnen versichern, das ist nicht der Fall. Es ist nichts dergleichen, sondern es ist … entschuldigen Sie, dass ich so leise spreche, die Leute könnten mich sonst hören … es ist ohne jeden Zweifel ein echter ›mexikanischer Stumpen‹!«

Ich hatte keine Ahnung, was ein echter mexikanischer Stumpen ist, aber der Mann hatte eine Art, es auszusprechen, dass ich mir innerlich schwor, einen mexikanischen Stumpen zu besitzen oder zu sterben.

»Hat es sonst noch … eh … irgendwelche Vorteile?«, fragte ich, indem ich meinen Eifer so gut wie möglich verbarg.

Er hakte seinen Zeigefinger in die Brusttasche meines Armeehemds, nahm mich beiseite und hauchte die folgenden Worte mit Nachdruck in mein Ohr:

»Es macht die tollsten Sprünge in ganz Amerika.«

»Zum Ersten, zum Zweiten … vierundzwanzig und ein halber Dollar zum …«

»Siebenundzwanzig!«, rief ich wie von Sinnen.

»Zum Dritten … verkauft!«, sagte der Auktionator und übergab mir den echten mexikanischen Stumpen.

Ich konnte meinen Überschwang kaum zügeln. Ich zahlte den Betrag und brachte das Pferd zum Fressen und Ausruhen in einen Stall in der Nähe.

Am Nachmittag führte ich das Tier auf die *plaza*, und einige Anwohner hielten es am Kopf und andere am Schwanz, während ich mich in den Sattel schwang. Sobald sie losließen, setzte es alle vier Füße eng zusammen, senkte den Rücken und machte dann plötzlich einen Buckel, so dass ich ungefähr einen Meter in die Luft katapultiert wurde! Ich kam geradewegs wieder herunter, landete auf dem Sattel, flog wieder hoch, kam wieder runter, landete fast auf dem Sattelknopf, flog wieder hoch und landete auf dem Hals des Pferdes – und das alles innerhalb von drei oder vier Sekunden. Dann bäumte sich das Pferd auf und stand fast senkrecht auf den Hinterbeinen. Ich umklammerte verzweifelt den mageren Hals, rutschte wieder in den Sattel zurück und ließ nicht los. Der Gaul kam runter, schlug aber sofort heimtückisch mit den Hinterbeinen aus und stand auf seinen Vorderbeinen. Dann kam er wieder runter und fing von neuem an, mich in die Luft zu werfen. Beim dritten Mal hörte ich einen Zuschauer sagen:

»Was der für tolle Sprünge macht!«

Während ich in der Luft war, verpasste jemand

dem Pferd einen krachenden Schlag mit der Lederpeitsche, und als ich wieder landete, war der mexikanische Stumpen nicht mehr da. Ein junger Kalifornier jagte ihm nach, holte ihn ein und fragte, ob er ihn reiten dürfe. Ich gewährte ihm das Vergnügen. Er schwang sich auf den ›Echten‹ und wurde in die Luft geschleudert, aber beim Runterkommen drückte er ihm die Sporen in die Flanken, und das Pferd schoss davon wie ein Telegramm. Er flog wie ein Vogel über drei Zäune und verschwand auf der Straße ins Washoe-Tal.

Ich setzte mich seufzend auf einen Stein und legte unwillkürlich eine Hand auf meine Stirn und die andere auf meinen Magen. Ich glaube, nie ist mir die Unzulänglichkeit der menschlichen Maschinerie so klar gewesen, denn ich hätte gut und gerne noch einige weitere Hände für andere Körperteile brauchen können. Es lässt sich nicht beschreiben, wie durchgerüttelt ich war. Die Einbildungskraft kann sich nicht ausmalen, wie mitgenommen ich mich fühlte – wie innerlich, äußerlich und rundherum verstört, verwirrt und gebrochen ich war. Aber ich war von einer mitleidigen Menschenmenge umgeben.

Ein älterer Trostspender sagte:

»Fremder, Sie sind reingelegt worden. Der Gaul ist in diesen Breiten einschlägig bekannt. Jedes Kind, jeder Indianer hätte Ihnen sagen können, dass er Sprünge macht. Er macht die teuflischsten Sprünge in ganz Amerika. Hören Sie auf *mich*. Ich bin Curry. Der alte Curry. Der alte Abe Curry. Der Gaul ist ein reinrassiger, durch und durch echter verfluchter mexikanischer Stumpen und obendrein ein ausgesprochen hinterhältiger. Also, Sie Trottel, wenn Sie sich bedeckt gehalten und nichts gesagt hätten, hätten Sie für ein paar Groschen mehr ein amerikanisches Pferd kaufen können statt dieser verrückten alten ausländischen Scharteke.«

Ich reagierte nicht, aber ich beschloss, alles andere stehen und liegen zu lassen, falls ich – bei der Beerdigung des Auktionators! – zufällig in der Gegend sein sollte.

Nach einem Galopp von sechzehn Meilen rasten der junge Kalifornier und der echte mexikanische Stumpen mit Schaum vor dem Maul wie ein durch den Ozean sausender Wirbelwind in die Stadt zurück und warfen nach einem letzten Sprung über eine Schubkarre und einen Chinesen vor der ›Ranch‹ Anker.

Wie das Pferd schwer und hörbar atmete! Wie seine Nüstern sich weiteten und verengten und wie das wilde Pferdeauge glühte! Aber war die herrische Bestie nun gezähmt? Das war sie nicht. Der Sprecher des Abgeordnetenhauses glaubte es und bestieg das Tier, um zum Kapitol zu reiten, aber beim ersten Sprung setzte es über eine Reihe von Telegrafenstangen, die halb so hoch wie eine Kirche waren, und seine Zeit zum Kapitol (eindreiviertel Meilen) ist bis heute ungeschlagen. Es hatte allerdings auch einen Vorsprung – es ließ die Meile aus und galoppierte nur das Dreiviertel. Das heißt, es zog Zäune und Gräben der gewundenen Straße vor; und als der Sprecher des Abgeordnetenhauses auf dem Kapitol ankam, sagte er, er sei so lange durch die Luft geflogen, dass es ihm wie die Reise auf einem Kometen vorgekommen sei.

Abends kam der Sprecher, um »sich Bewegung zu verschaffen«, zu Fuß nach Hause und ließ den ›Echten‹ hinter einem Pferdewagen hertrotten. Am nächsten Tag lieh ich das Tier dem Sekretär des Abgeordnetenhauses, damit er zu einer sechs Meilen entfernten Silbermine reiten konnte, und auch er kam zu Fuß zurück – »um sich Bewegung zu verschaffen« – und ließ den Gaul hinter einem Wagen hertrotten. Alle, denen ich ihn lieh, kamen zu Fuß zurück; anders konnten sie sich nicht genug Bewegung verschaffen. Aber ich verlieh ihn weiterhin an jeden, der ihn leihen wollte – in der Hoffnung, dass ich ihn nach einer Verletzung dem Leiher andrehen oder nach einem tödlichen Sturz dem Leiher Geld dafür abknöpfen könnte. Aber es wollte ihm einfach nichts zustoßen. Er ging Risiken ein wie kein anderes Pferd, aber immer überlebte er und kam heil und gesund nach Hause. Es gehörte zu seiner täglichen Routine, neue Sprünge auszuprobieren, die man bisher für unmöglich gehalten hatte, aber er überstand sie immer unbeschadet. Manchmal verkalkulierte er sich ein bisschen, und dem Reiter stieß etwas zu, aber ihm selbst geschah nie etwas. Natürlich versuchte ich, ihn zu verkaufen, aber das zeigte eine Naivität, die wenig Anklang fand. Der Auktionator stürmte auf dem Pferd vier Tage lang die Straßen auf und ab, wobei er die Bevölkerung in alle Winde trieb, das Geschäftsleben unterbrach und einige Kinder umbrachte, aber nie machte jemand ein höheres Angebot – als die achtzehn Dollar des bekanntermaßen einfältigen Landstreichers, den er extra dazu angeheuert hatte. Die Leute lächelten nur freundlich und widerstanden ihrem Wunsch, den Gaul zu kaufen – wenn sie denn diesen Wunsch überhaupt hatten. Dann überreichte mir der Auktionator seine Rechnung, und ich nahm das Pferd vom Markt. Als nächstes versuchten wir es mit dem Tauschhandel – als Gegenwert für gebrauchte Grabsteine, Alteisen oder antialkoholische Traktätchen, für jede Art von Tauschobjekt. Aber die Besitzer wollten nicht anbeißen, und wir nahmen das Tier wieder vom Markt. Ich versuchte nie wieder, das Pferd zu reiten. Zu-Fuß-Gehen war das Vernünftigste für jemanden wie mich, der außer Muskelrissen, inneren Blutungen und dergleichen nichts hatte. Schließlich versuchte ich, ihn zu verschenken. Aber auch das misslang. Die Leute sagten, Erdbeben gehörten an die Pazifikküste, hier sei niemand an ihnen interessiert. Als letzte Rettung bot ich es dem Gouverneur für seine »Truppe« an. Erst leuchtete sein Gesicht auf, aber dann verdüsterte es sich, und er sagte, die Sache sei suspekt.

Genau in diesem Augenblick überreichte mir der Stallhalter die Rechnung für sechs Wochen Stallung: Stall für das Pferd – fünfzehn Dollar; Heu für das Pferd – zweihundertfünfzig Dollar! Der echte mexikanische Stumpen hatte eine Tonne davon gefressen und der Mann sagte, wenn man ihn gelassen hätte, hätte er hundert Tonnen gefressen. [...]

Es gelang mir, die Stallrechnung zu bezahlen, und noch am selben Tag überließ ich den echten mexikanischen Stumpen einem Siedler auf dem Weg nach Arkansas, den das Schicksal mir über den Weg laufen ließ. Wenn ihm dieser Text je vor Augen kommt, wird er sich zweifellos an die milde Gabe erinnern.

Ein runder Mensch passt nicht ohne weiteres in ein eckiges Loch. Man muss ihm Zeit lassen, sein Format zu ändern.

Gegen die Vereinfachung der Rechtschreibung ist nichts zu sagen, aber man kann es – wie bei Keuschheit – auch zu weit treiben.

Der Mann am Schalter sagte:

»Möchten Sie auch eine Unfallversicherung abschließen?«

»Nein«, sagte ich nach kurzem Nachdenken. »Nein, ich glaube nicht. Heute bin ich den ganzen Tag im Zug unterwegs. Aber morgen bleibe ich zu Hause. Geben Sie mir einen Versicherungsschein für morgen.«

Der Mann machte ein verdutztes Gesicht. Er sagte:

»Aber es ist doch eine Unfallversicherung, und wenn Sie heute mit dem Zug reisen ...«

»Wenn ich mit dem Zug reise, brauche ich sie nicht. Ich habe Angst, wenn ich zu Hause im Bett liege.«

Ich hatte die Sache untersucht. Im letzten Jahr bin ich zwanzigtausend Meilen gereist, fast ausschließlich mit der Eisenbahn. Im Jahr davor bin ich fünfundzwanzigtausend Meilen gereist, teils mit dem Schiff, teils mit der Eisenbahn. Und im Jahr davor bin ich ungefähr zehntausend Meilen gereist, ausschließlich mit der Bahn. Wenn ich noch die eine oder andere kurze Reise hinzurechne, bin ich in den erwähnten drei Jahren sechzigtausend Meilen gereist. *Und nicht ein einziger Unfall.*

Eine Zeitlang habe ich jeden Morgen zu mir gesagt: »Bisher bin ich davongekommen, und daher haben sich die Chancen so erhöht, dass es mich diesmal erwischen wird. Ich schließe wohl besser eine Unfallversicherung ab.« Und mit tödlicher Sicherheit zog ich eine Niete und legte mich abends ohne Verrenkungen oder Knochenbrüche ins Bett. Schließlich hatte ich die Sache satt und ging dazu über, eine monatliche Versicherung abzuschließen. Ich sagte mir: »Man kann nicht dreißig Nieten auf einen Schlag ziehen.«

Aber ich irrte mich. Nie war ich unter den Gewinnern. Jeden Tag las ich von Eisenbahnunglücken, die Zeitungen waren voll davon, aber irgendwie gingen sie mir aus dem Weg. Ich stellte fest, dass die Versicherungen gut an mir verdient hatten, ohne dass dabei etwas herausgekommen war. Die Sache kam mir verdächtig vor, und ich sah mich nach jemandem um, der in dieser Lotterie gewonnen hatte. Ich traf viele Leute, die in sie investiert hatten, aber nicht ein einziger hatte je einen Unfall gehabt oder Geld dabei gemacht. Ich hörte auf, Versicherungsscheine zu kaufen und machte mich daran, das Geheimnis zu ergründen. Das Resultat war erstaunlich. DIE GEFAHR BESTAND NICHT IM REISEN, SONDERN IM ZU-HAUSE-BLEIBEN.

Ich sammelte Statistiken und fand zu meinem Erstaunen, dass trotz all der riesigen Überschriften in den Zeitungen in den vergangenen zwölf Monaten weniger als dreihundert Menschen bei solchen Katastrophen ihr Leben verloren hatten. […] Die Erie-

Eisenbahn-Gesellschaft bringt in sechs Monaten von der einen Million Menschen, die sie befördert, zwischen dreizehn und dreiundzwanzig um, aber zur selben Zeit sterben von New Yorks einer Million Einwohner 13 000 im Bett! Ich bekam eine Gänsehaut und die Haare standen mir zu Berge. »Das ist ja entsetzlich!«, sagte ich. »Die Gefahr besteht nicht darin, dass man mit dem Zug reist, sondern dass man sich tödlichen Betten anvertraut. Ich werde mich nie wieder ins Bett legen.«

Leseranfrage

[Antwort an einen unglücklich Verfolgten]

Sie sagen, Sie schulden sechs Monatsmieten und haben kein Geld, sie zu bezahlen, und Ihr Vermieter lässt Ihnen deshalb keine Ruhe, und Sie haben alle erdenklichen Ausflüchte und Erklärungen erschöpft und wissen nun nicht mehr, womit Sie sich jetzt noch herausreden sollen? Ja, es ist eine heikle Sache, in einem solchen Fall Rat zu erteilen, aber Ihre verzweifelte Lage veranlasst mich, wenigstens einen Vorschlag zu machen, wenn ich schon nicht mehr tun kann. Wie wäre es, wenn Sie, sobald der Hauswirt Sie das nächste Mal belästigt, mit Nachdruck seine Hand ergreifen und ihn mit gespielter Anteilnahme fragen: »Monsieur Jean, votre chien, comme se porte-il?« Das ist zweifellos sehr schlechtes Französisch, aber Sie werden feststellen, dass es seinen Zweck genauso gut erfüllt wie die fehlerlose Version.

X
Wunschlos glücklich

Es ist merkwürdig, wie kurz und flüchtig die Augenblicke sind, in denen der Mensch wunschlos glücklich ist.

Wenn Bücher keine gute Gesellschaft sind – wo findet man diese dann?

Der Satz ist deutsch und zeigt, dass ich allmählich Charakter und Geist der Sprache begreife, die es einem erlaubt, den ganzen Tag in einem Satz zu reisen, ohne umzusteigen.

Es gehört viel Sinn dazu, guten Unsinn zu schreiben.

Porträt König Wilhelms III.

[Der Erzähler ist von den Porträts in der Zeitschrift *Die Galaxie* beeindruckt.]

Also, durch die lange und intensive Beschäftigung mit diesen Porträts hat mich schließlich eine Liebe zur Kunst erfasst. Ich habe mir jetzt einen Lehrer genommen, und während ich immer geschickter mit Bleistift, Pinsel und Graviernadel umzugehen lerne, wächst meine Begeisterung stetig und rapide. Ich nehme Stunden bei De Mellville, dem Haus- und Porträtmaler. (Solange er im Wilden Westen lebte, nannte er sich Smith.) Er unterrichtet alle denkbaren Techniken, da er ein Universalgenie ist – wie Michelangelo. [...]

Ich studiere nun also seit etlichen Monaten bei De Mellville. Im ersten Monat habe ich Zäune angemalt, und zwar zu seiner großen Zufriedenheit. Im zweiten Monat eine Scheune geweißt. Im dritten habe ich mich auf Blechdächer konzentriert, im vierten auf Schilder und im fünften auf die Holzfiguren vor Zigarrengeschäften. Der gegenwärtige Monat ist erst mein sechster, und schon bin ich bei Porträts.

Die bescheidene Bildbeigabe dieser Ausführungen, das Porträt Seiner Majestät des preußischen Königs Wilhelm III., ist mein fünfter Versuch im Porträtieren und mein bisher größter Erfolg. Es hat bei allen Schichten der Bevölkerung beispiellosen Anklang gefunden, aber was mich am meisten freut, ist, dass es immer wieder mit den Porträts in der *Galaxie* verglichen wird. *Sie* waren meine erste Liebe, meine früheste Begeisterung, die ursprüngliche Quelle und Inspiration meiner künstlerischen Ambitionen. Was immer ich heute in der Kunstwelt erreicht habe, ver-

danke ich diesen Porträts. Ich bilde mir auf meine Erfolge nichts ein, ich verdiene kein Lob. Und ich würde es auch gar nicht annehmen. Viele Fremde, die zu meiner Ausstellung gekommen sind (denn ich habe mein Porträt König Wilhelms für einen Dollar Eintritt ausgestellt), hätten mich beim Abschied, wenn ich es ihnen erlaubt hätte, regelrecht gesegnet, aber ich habe es nie gestattet. Ich habe immer auf die Quelle meines Talents verwiesen.

König Wilhelm trägt einen langen buschigen Backenbart, und manche Kritiker behaupten, sein Porträt wäre vollständiger, wenn ich ihn nicht weggelassen hätte. Aber ich konnte nicht anders. Für Backenbart und Epauletten war nicht genug Platz, und deshalb habe ich aus künstlerischen Erwägungen auf den Backenbart verzichtet und nur die Epauletten wiedergegeben. Das Ding auf seinem Hut ist ein Adler, der preußische Adler, ein nationales Emblem. Wenn ich sage, Hut, meine ich Helm, aber es ist anscheinend unmöglich, einen Helm so abzubilden, dass der Abgebildete einen entspannten Eindruck macht.

Ich würde mich freuen, wenn wohlwollende Freunde in aller Welt mich dabei unterstützten, auf die Porträts in der *Galaxie* aufmerksam zu machen. Ich bin von dem Erfolg überzeugt, wenn man dabei mit Umsicht vorgeht. Wie viele verdienstvollere Autoren schreibe ich regelmäßig in dieser Zeitschrift, und wenn ich den Porträts darin allgemeines Ansehen verschaffen kann, habe ich mein Ziel erreicht. Die Texte brauchen keine Werbung.

Es gibt im Vatikan nichts Vergleichbares.

Pius IX.

Es hat nichts von der Verschwommenheit, von der verträumten Spiritualität der Murillo-Schule, gegen die sich viele der Kunstkritiker von Arkansas ausgesprochen haben. Ruskin

Der Gesichtsausdruck ist sehr interessant.

J.W. Titian
(Inhaber eines Makkaroni-Ladens in Venedig, neben dem alten Nudelstand der Familie)

Es ist das famoseste Stillleben, das ich seit Jahren gesehen habe. Rosa Bonheur

Das Lächeln kann man beinahe einmalig nennen.

Bismarck

Nie ist ein Gesicht mit so viel Ausdruck gemalt worden. De Mellville

Das Bild strahlt in der Schlichtheit seiner künstlerischen Mittel eine Menschlichkeit aus, die das Herz so anrührt, ganz so anrührt, wie sie das Auge fasziniert. Landseer

Man kann das Bild nicht ohne den Wunsch betrachten, sich Gedanken über den Künstler zu machen. FRIEDRICH WILHELM

Schicken Sie mir die gesamte Auflage zusammen mit der Druckplatte und dem Original und bestimmen Sie Ihren Preis. Und … haben Sie Lust, herüberzukommen und Napoleon auf der Wilhelmshöhe ein Weilchen Gesellschaft zu leisten? Es soll Sie keinen Pfennig kosten. WILHELM III.

Ein gelegentliches Kompliment ist nötig für die Selbstachtung […]. Wenn man es anders nicht erhalten kann, muss man es sich selber machen.

Wir wollen dankbar sein für die Dummen; ohne sie könnten wir anderen nicht erfolgreich sein.

Wahrheit ist das Kostbarste, was wir haben. Lasst uns sparsam damit umgehen.

Angeblich werden in deutschen Konzerten oder Opern Arien nie *da capo* gesungen. Auch wenn das Publikum noch so darauf erpicht ist, eine Arie noch einmal zu hören, hält es der gute Ton gemeinhin davon ab, eine Wiederholung zu fordern.

Königen dagegen sind Dacapos durchaus erlaubt, das ist etwas ganz anderes. Alle freuen sich, den König glücklich zu sehen; und was die dadurch ausgezeichneten Schauspieler betrifft, so sind ihr Stolz und ihre Dankbarkeit schier grenzenlos. Trotzdem gibt es Umstände, unter denen selbst ein königliches Dacapo …

Aber es ist wohl besser, ein Beispiel zu geben. Der König von Bayern ist ein Dichter und hat die exzentrischen Neigungen eines Dichters – mit dem Vorteil, dass er ihnen im Gegensatz zu allen anderen Personen frönen kann, gleichgültig, auf welche Art und Weise. Er hört gern Opern, aber ungern in Gegenwart des Publikums. Deshalb erreicht die Sänger in München, wenn die Aufführung beendet ist und sie sich ihrer Schminke und ihrer Kostüme entledigt haben, gelegentlich ein königlicher Befehl, Schminke und Kostüme wieder anzulegen. Nach einer Weile erscheint der König, einsam und allein, und das Ensemble fängt noch einmal von vorn an und führt vor nur einer einzigen Person als Publikum in dem riesigen, stillen Theater die gesamte Oper noch einmal auf. Einmal verfiel er auf eine wunderliche Idee. Hoch oben über der riesigen Bühne des Hoftheaters verläuft ein unsichtbares Gewirr von perforierten Röhren, aus denen im Fall eines Feuers ein dichter, feiner Nieselregen auf die Bühne herabströmt; und wenn nötig, kann aus diesem Niederschlag ein wahrer Wolkenbruch werden. [...] Der König war an diesem Abend der einzige Zuschauer. Die Oper, in der ein Gewitter vorkam, nahm ihren Fortgang. Der Theaterdonner begann zu grollen, der Theaterwind zu heulen und zu pfeifen und der Theaterregen zu trommeln. Das Interesse des Königs war geweckt, er geriet in ausgesprochene Begeisterung. Er rief:

»Das ist gut, das ist sehr gut! Aber ich möchte richtigen Regen! Stellt das Wasser an!«

Der Intendant versuchte, den Befehl rückgängig zu machen, indem er zu bedenken gab, dass die aufwendigen Kulissen und die kostbaren Kostüme ruiniert würden, aber der König rief:

»Egal, egal, ich möchte richtigen Regen! Stellt das Wasser an!«

Also wurde der richtige Regen angestellt und begann, in zarten, spinnwebfeinen Schleiern auf die Theaterbeete und -kieswege herabzufallen. Die Sängerinnen und Sänger stapften in ihren kostbaren Gewändern unverdrossen auf der Bühne herum, sangen ungerührt weiter und taten, als sei nichts. Der König war entzückt, seine Begeisterung kannte keine Grenzen. Er rief:

»Bravo! Bravo! Mehr Donner! Mehr Blitze! Dreht den Wasserhahn auf!«

Der Donner krachte, die Blitze zuckten, der

Sturmwind heulte, und eine wahre Sintflut rauschte herab. Die Theaterfürstlichkeiten, denen die Seidengewänder klatschnass am Leib klebten, tappten auf der Bühne knöcheltief im Wasser herum, sangen, was das Zeug hielt, und die Geiger im Orchestergraben fiedelten ums liebe Leben, während ihnen das Wasser von der Bühne in den Nacken lief und der König trocken und glücklich in seiner Loge saß und sich die Hände wund applaudierte.

»Mehr!«, rief der König, »noch mehr, lasst den Donner los und dreht den Hahn weit auf. Wehe, wer einen Schirm aufspannt, er wird gehenkt!«

Als dieses gewaltigste und eindrucksvollste Theatergewitter aller Zeiten schließlich vorbei war, überschlug sich der König vor Begeisterung. Er rief:

»Großartig! Großartig! Da capo! Das Ganze noch einmal!«

Aber dem Intendanten gelang es, den König zur Zurücknahme des Dacapo zu bewegen, und er versicherte ihm, das Ensemble werde sich durch die bloße Tatsache, dass Seine Majestät ein Dacapo gewünscht habe, ausreichend belohnt und geehrt fühlen, ohne ihn nur um ihrer eigenen Eitelkeit willen mit einer Wiederholung zu ermüden.

Während der restlichen Aufführung konnten *die* Schauspieler von Glück sagen, deren Rolle einen Kostümwechsel erforderte, die anderen liefen wie begossene Pudel, aber nichtsdestoweniger pittoresk auf der Bühne herum. Die Bühnendekoration war ruiniert, die Falltüren waren so aufgequollen, dass sie noch eine Woche später nicht funktionierten, die kostbaren Kostüme waren verdorben – ganz abgesehen von den geringfügigeren Schäden, die das eindrucksvolle Gewitter angerichtet hatte.

Es war eine königliche Idee, dieses Gewitter, und königlich wurde es ausgeführt. Auch beachte man die Zurückhaltung des Königs: Er bestand keineswegs auf seinem Dacapo. Wenn er ein unbekümmertes, unkritisches amerikanisches Opernpublikum gewesen wäre, hätte er vermutlich das Gewitter so lange wiederholen lassen, bis er die gesamte Truppe ertränkt hätte.

Wenn es etwas auf der Welt gibt, was die Eitelkeit eines Menschen ins Unerträgliche steigert, dann ist es die Tatsache, dass sein Magen sich am ersten Tag auf See anständig benimmt, wenn fast alle seine Gefährten seekrank sind.

Besser ein gebrochenes Versprechen als gar keins.

Es gibt nichts Menschenfreundlicheres als die Unfallversicherung. Ich habe durch den Segen eines bloßen Beinbruchs ganze Familien zu Wohlstand kommen sehen. […] Und ich kenne nichts Verklärteres als den Blick auf dem Gesicht eines gerade zum Krüppel Gemachten, wenn er mit der ihm verbliebenen Hand in seine Brusttasche fasst und seine unversehrte Versicherungspolice spürt.

Verleumdungen überleben nur selten beharrliches Schweigen.

Ich kenne den Geschmack von Wassermelonen, an die man ehrlich gekommen ist, und ich kenne den Geschmack von Wassermelonen, die man auf raffiniertere Weise erworben hat. Beide schmecken gut, aber der Kenner weiß, welche besser schmecken.

[Huckleberry Finn berichtet:]

Tom sagte: »Also, wir gründen jetzt 'ne Räuberbande und nennen sie Tom-Sawyer-Bande. Alle, die mitmachen wollen, müssen 'n Eid schwören und ihren Namen mit ihrem eigenen Blut schreiben.«

Alle wollten mitmachen. Also holte Tom ein Blatt Papier raus, wo er den Eid draufgeschrieben hatte, und las ihn vor. Jeder Junge musste schwören, der

Bande treu zu bleiben und ihre Geheimnisse nicht zu verraten, und wenn irgendwer einem irgendwas getan hatte, dann wurde ein Mitglied bestimmt, den Täter und seine ganze Familie umzubringen, und er musste es auch tun und durfte nicht essen und nicht schlafen, bis er sie alle umgebracht und ihnen 'n Kreuz in die Brust gekerbt hatte, denn das war das Zeichen der Bande. Und keiner, der nicht zur Bande gehörte, durfte das Zeichen benutzen, und wenn doch, dann musste er vor Gericht gestellt werden, und wenn er es noch mal tat, musste er auch umgebracht werden. Und wenn einer, der zur Bande gehörte, ihre Geheimnisse verriet, dann musste ihm die Kehle durchgeschnitten und seine Leiche verbrannt und die Asche in alle Winde verstreut werden, und sein Name wurde von der mit Blut geschriebenen Liste gestrichen und nie wieder von der Bande genannt, sondern mit 'm Fluch belegt und für alle Zeiten vergessen.

Alle sagten, das wär 'n ganz fantastischer Eid, und wollten wissen, ob Tom ihn sich allein ausgedacht hatte. Er sagte, teilweise ja, aber der Rest wär aus Piratenbüchern und Räubergeschichten, und jede Bande, die was auf sich hält, hätte so einen.

Ein paar Jungs fanden, man sollte auch die *Familie* der Mitglieder umbringen, die die Geheimnisse der Bande verrieten. Tom sagte, das wär 'ne tolle Idee, und deshalb nahm er 'n Bleistift und schrieb es rein. Dann sagte Ben Rogers:

»Aber Huck Finn hier, der hat doch gar keine Familie, was machste mit dem?«

»Wieso, hat er denn kein' Vater?«, fragte Tom Sawyer.

»Doch, den hat er, aber der is nirgends aufzutreiben. Früher lag er ja dauernd besoffen bei den Schweinen im Gerberhof, aber nu hat er sich mindestens 'n Jahr nicht mehr blicken lassen.«

Sie berieten die Sache und waren drauf und dran, mich auszuschließen, weil sie fanden, jeder Junge braucht 'ne Familie oder wen anders zum Umbringen, sonst wär es unfair gegenüber den andern. Tja, da waren alle ratlos, keiner wusste, was man machen sollte. Ich hätte am liebsten losgeheult. Aber plötzlich fiel mir 'ne Lösung ein, und ich schlug ihnen Miss Watson vor – die konnten sie doch umbringen. Alle sagten:

»Klar, die tut's auch. Das geht. Huck kann mitmachen.«

Dann haben sie sich alle mit 'ner Nadel in 'n Finger gestochen, um ihren Namen mit Blut zu schreiben, und ich hab auch meine drei Kreuze aufs Papier gemacht.

»Also«, sagte Ben Rogers, »worauf soll die Bande sich denn spezialisieren?«

»Ausschließlich auf Raub und Mord«, sagte Tom.

Wenn man die Wahrheit sagt, braucht man nichts zu behalten.

Leseranfrage

»ARITHMETICUS.« *Virginia, Nevada.* – »Wenn eine Kanonenkugel 3 1/3 Sekunden braucht, um 4 Meilen weit zu fliegen, und 3 3/8 Sekunden für die nächsten 4 Meilen und 3 5/8 für die dann folgenden 4 Mei-len, und wenn ihre Geschwindigkeit in diesem Verhältnis abnimmt, wie lange würde sie brauchen, um fünfzehnhundert Millionen Meilen zurückzulegen?«

Ich weiß es nicht.

Ich verstehe nicht, wie ein Mensch mit einer gehörigen Portion Humor religiös sein kann.

Es gibt mehrere Arten, eine Geschichte zu erzählen, aber nur eine schwierige – die humoristische. Auf sie will ich mich hier beschränken. Die humoristische Geschichte ist amerikanisch, die komische englisch, die geistreiche französisch. Die Wirkung der humoristischen Geschichte hängt von der Art und Weise ab, wie sie erzählt wird, die der komischen und geistreichen vom Inhalt.

Die humoristische Geschichte kann endlos ausgesponnen werden und alle möglichen Umwege nehmen, ohne notwendigerweise irgendwo anzukommen. Doch komische und geistreiche Geschichten müssen kurz sein und mit einer Pointe enden. Die humoristische Geschichte brodelt sinnig vor sich hin, die anderen explodieren.

Die humoristische Geschichte ist ein Kunstwerk im strengsten Sinne, ein Kunstwerk von größter Subtilität, und nur ein Künstler kann sie erzählen. Aber um eine komische oder eine geistreiche Geschichte zu erzählen, bedarf es keiner Kunst; das kann jeder. Die Kunst, eine humoristische Geschichte zu erzählen, und zwar mündlich, nicht auf dem Papier, wurde in Amerika erfunden und ist dort zu Hause.

Die humoristische Geschichte wird mit ernster Miene erzählt. Der Erzähler darf sich auf keinen Fall anmerken lassen, dass er auch nur den leisesten Verdacht hat, es könne sich um etwas Witziges handeln. Der Erzähler einer komischen Geschichte erzählt einem dagegen im Voraus, dass es sich um die witzigste Episode handelt, die er in seinem Leben je gehört hat, dann erzählt er sie mit kaum zu zügelndem Vergnügen und lacht, kaum dass er fertig ist, als Allererster. Und manchmal, wenn sie gut angekommen ist, ist er so froh und glücklich, dass er den Clou noch einmal wiederholt, beifallheischend von einem zum andern blickt und sie noch einmal wiederholt. Es ist zum Weinen.

Oft endet die weitschweifige, chaotische humoristische Geschichte natürlich auch mit einem Clou oder wie immer man es nennen will. Dann muss der Zuhörer auf der Hut sein, denn häufig wird der Erzähler die Aufmerksamkeit von dieser Pointe ablenken, indem er sie gleichgültig und wie nebenbei fallenlässt und so tut, als wisse er gar nicht, dass es sich um eine Pointe handelt.

[...] Aber der Erzähler einer komischen Geschich-

Mark Twain in New York (1900)

te verzögert die Pointe nicht; er platzt damit heraus – jedes Mal. Und wenn er sie drucken lässt, ob in England, Frankreich, Deutschland oder Italien, dann setzt er sie kursiv, lässt ein paar aufdringliche Ausrufungszeichen folgen und versteigt sich gelegentlich noch in Klammern zu einer Erklärung. All das ist schrecklich deprimierend, so dass man am liebsten alles Witze-Machen aufgeben und ein besseres Leben führen möchte.

Ich möchte keineswegs die Aufmerksamkeit der Vorsehung erregen. Ich komme immer am besten zurecht, wenn man mich in Ruhe lässt.

Hunde sind Gentlemen; ich hoffe, ich komme in ihren Himmel, nicht in den der Menschen.

Textnachweise

Die Texte aus den Buchpublikationen von Mark Twain werden nach folgender Ausgabe unter Angabe der Sigle, Band- und Seitenzahl zitiert.

OMT The Oxford Mark Twain. 29 Bde. New York: Oxford University Press, 1996. [Faksimiles der amerikanischen Erstausgaben.] – Bd. 1: The Celebrated Jumping Frog of Calaveras County, And Other Sketches. (1867.) Bd. 2: Innocents Abroad. (1869.) Bd. 3: Roughing It. (1872.) Bd. 5: Mark Twain's Sketches, New and Old. (1875.) Bd. 6: The Adventures of Tom Sawyer. (1876.) Bd. 7: A Tramp Abroad. (1880.) Bd. 9: Life on the Mississippi. (1883.) Bd. 10: The Adventures of Huckleberry Finn. (1885.) Bd. 11: A Connecticut Yankee at King Arthur's Court. (1889.) Bd. 16: The Tragedy of Puddn'nhead Wilson and the Comedy of Those Extraordinary Twins. (1894.) Bd. 17: Personal Reflections of Joan of Arc. (1896.) Bd. 18: The Stolen White Elephant ETC. (1896.) Tom Sawyer Abroad. Tom Sawyer Detective and Other Stories Etc., Etc. (1896.) A Double Barrelled Detective Story. (1902.) Bd. 19: How to Tell a Story and Other Essays. (1897.) Bd. 20: Following the Equator. A Journey Around the World. (1897.) To the Person Sitting in Darkness. (1901.) King Leopold's Soliloquy. A Defense of His Congo Rule. (1905.) Bd. 21: The Man Who Corrupted Hadleyburg and Other Stories and Essays. (1900.) Bd. 24: The $ 30,000 Bequest and Other Stories. (1906.)

Alle Kapitelüberschriften entsprechen den Untertiteln in Bd. 3 der vorgenannten Ausgabe.

Die nur in Zeitschriften oder postum erschienenen Texte werden nach den im folgenden genannten Ausgaben unter Angabe der Sigle des jeweiligen Werktitels und der Seitenzahl zitiert.

A The Autobiography of Mark Twain. Including Chapters now published for the first time. As arranged and edited with an introduction and notes by Charles Neider. New York 1959.

E The Complete Essays of Mark Twain. Now collected for the first time. Edited with an introduction by Charles Neider. Drawings by Mark Twain. Garden City (N.Y.) 1963.

S The Complete Short Stories of Mark Twain. Now collected for the first time. Edited with an introduction by Charles Neider. New York 1959.

H The Complete Humorous Sketches and Tales of Mark Twain. Now collected for the first time. Edited with an introduction by Charles Neider. Garden City (N.Y.) 1961.

WM What is Man? And Other Philosophical Writings. Edited with an introduction by Paul Baender. Berkeley / Los Angeles / London 1973.

WWD Mark Twain's Which Was the Dream and Other Symbolic Writings of the Later Years. Edited with an introduction by John S. Tuckey. Berkeley / Los Angeles 1968.

Weitere Zitate sind folgender Sammlung entnommen:

Q The Quotable Mark Twain. His Essential Aphorisms, Witticisms & Concise Opinions. Edited by R. Kent Rasmussen. Chicago 1997.

Motti

15 1 OMT 20,5. | 2 OMT 11,5.

I

»Halt an, Kutscher, mir wird schlecht«

17 S 193–198. | **29** 1 OMT 17,88. | 2 Q 179. | 3 Q 100. | 4 Q 274. | 5 WM 63. | 6 OMT 20,256. | **30** 1 OMT 21,202. | 2 Q 110. | 3 OMT 1,49f.

II

Endlich eine Silbermine

33 OMT 2,287f. | **34** 1 Q 44. | 2 Q 186. | **35** A 155. | **40** OMT 9, 437–441. | **46** 1 OMT 20,312. | 2 OMT 5,73.

III

Eine falsche Fährte

47 1 Q 50. | 2 A 227. | 3 Q 245. | 4 Q 47. | 5 OMT 5,287–295. | **60** 1 Q 242. | 2 Q 68. | **61** OMT 2,190–193. | **63** E 117–119.

IV

Eine nachahmenswerte Mode

69 1 Q 189. | 2 A 143. | 3 Q 95. | 4 OMT 5,121 f. | **72** 1 Q 169. | 2 WWD 44. | **73** 3 OMT 16,121. | 4 OMT 7,606. | 5 OMT 7,616 f., 610 f., 617 f. | **77** 1 OMT 20,567. | 2 A 350. | 3 Q 233. | 4 Q 295. | **78** 1 Q 279. | 2 OMT 1,44 f.

V

Um eine Illusion ärmer

79 1 A 11. | 2 A 73. | **80** A 65. | **84** 1 A 57. | 2 A 279. | **85** OMT 5,233–238. | **95** 1 WM 147. | 2 OMT 16,214. | **96** 1 Q 140. | 2 OMT 3,295. | 3 OMT 1,34–37.

VI

Sehenswerte Ruinen

99 1 OMT 20,699. | 2 WM 109. | **101** 1 | Q 7. | 2 A 370. | 3 OMT 2,279–283. | **110** 1 OMT 24,401. | 2 OMT 11,291 f. | **113** 1 OMT 16,300. | 2 OMT 1,45.

VII

Unter Engeln

114 1 A 32. | 2 OMT 3,526. | **115** OMT 3,416f. | **116** A 36. | **119** OMT 6,56–59. | **122** 1 Q 170. | 2 OMT 1,50–54.

VIII

Ohne Samthandschuhe und Smoking

126 1 Q 60. | 2 OMT 16,369. | 3 OMT 5,44–50. | **138** 1 Q 134. | 2 OMT 16,197. | 3 OMT 2,289–293. | **143** 1 Q 22. | 2 A 247.

IX
Warnung vor Experimenten

144 1 OMT 20,524. | 2 Q 84. | 3 A 31f. | **146** OMT 18,235–241. | **153** OMT 7,90f. | **154** 1 OMT 20,296. | 2 OMT 3,178–184. | **162** 1 OMT 20,689. | 2 Q 263. | **163** OMT 24,257–259. | **165** OMT 1,48f.

X
Wunschlos glücklich

167 1 OMT 11,151. | 2 Q 31. | 3 WM 216. | 4 Q 197. | 5 OMT 24,263–267. | **172** 1 Q 60. | 2 OMT 20,268. | 3 Q 283. | 4 OMT 7,96–99. | **176** 1 OMT 2,26. | 2 Q 223. | 3 H 256. | **177** 1 A 47. | 2 A 13. | 3 OMT 10,25f. | **180** 1 Q 283. | 2 OMT 1,45. | **181** 1 Q 233. | 2 OMT 19,3–5. | **184** 1 Q 225. | 2 Q 81.